被露水惊醒

沈 念 著

中国文史出版社

图书在版编目（CIP）数据

被露水惊醒 / 沈念著. -- 北京：中国文史出版社，
2025. 1. --（鲁迅文学奖得主散文书系）. -- ISBN
978-7-5205-4787-1

Ⅰ. I267

中国国家版本馆 CIP 数据核字第 2024NW8688 号

选题策划：江　河
责任编辑：牟国煜
装帧设计：锦色书装

出版发行：**中国文史出版社**
社　　址：北京市海淀区西八里庄路 69 号院　邮编：100142
电　　话：010-81136606　81136602　81136603（发行部）
传　　真：010-81136655
印　　装：廊坊市海涛印刷有限公司
经　　销：全国新华书店
开　　本：880×1230　1/32
印　　张：7. 75　　　字数：102 千字
版　　次：2025 年 1 月第 1 版
印　　次：2025 年 1 月第 1 次印刷
定　　价：66. 00 元

作者简介

沈念　第八届鲁迅文学奖得主。湖南华容人。中国人民大学文学硕士，现任湖南省作家协会副主席、《湖南文学》主编，享受国务院特殊津贴专家。著有小说集《八分之一冰山》《歧园》、散文集《大湖消息》《长路与短句》等。亦曾获《十月》文学奖、小说选刊奖、华语青年作家奖、高晓声文学奖、丰子恺散文奖、三毛散文奖等奖项。

写在前面

我们怀着由衷的敬意，编辑了这一套散文丛书。

鲁迅先生是中国新文化运动的旗手，是近现代历史上对中国社会思想文化发展具有重大影响的文学家。以他名字命名的"鲁迅文学奖"，是中国文学奖的最高荣誉之一，自创立以来，一直拥有良好的口碑和广泛的影响力。那些获得鲁迅文学奖的作家作品，毫无疑问地推动了我国文学事业的繁荣发展。

这些获奖作家分别生活在祖国的东南西北，年龄跨度从"50后"到"80后"，写作门类包括小说、散文、诗歌、评论。他们都曾创作出佳作名篇，是堪称名家的优秀作家。编辑出版这套"鲁迅文学奖得主散文书系"，我们的初衷正是让这些优秀的小说家、散文家、诗人、评论家聚集在一起，将他们各自独具的生命体验和写作风格，以群峰连绵的形式呈现出"横看成岭侧成峰"的写作景观，向广大读者奉献这个值得阅读和保存的作品系列。

在这些作品的编辑过程中，我们看到了他们不同的阅历和表达方式，看到了他们卓尔不群的文学才华和让人叹服的写作能力，看到了他们观察事物的独特角度和对自己生活、创作的诚意表达，看到了他们纷繁复杂的生活境遇和丰富悠远的精神世界。从这些文字中，我们感受到了作家对大自然和世间万物的悲悯，对岁月悠长、时光消逝的感喟和思索，对身边细微琐事的提炼和回味，对辽阔人间的关怀以及对世道人心和生命本身的探寻与思索。

我们以诚挚的愿望和认真的劳动，向亲爱的读者推荐这个书系，也以此向在写作道路上辛勤耕耘的作家们致敬，向创立近四十年的鲁迅文学奖致敬，向在岁月的上游一直如星光般以风骨和精神令后世仰望的鲁迅先生致敬。

编　者
2025 年元月

目 录

上篇　漫长的启程

下篇　我们的相遇以回忆结束

被露水惊醒◎

上篇　漫长的启程

漫长的启程

/1/

该启程了。

在还没有见到大运河之前，就在想象她，会以一种怎样的姿态流淌在大地之上？

从淮安船闸登船，是秋日午后，阳光热情而柔软，铺洒在绸带似的河面之上。旷远之下，游船像进入一个没有尽头的轨道，每有别的船舶经过，站在二楼甲板上，就凸现了高度的优势。甲板高出堤面，也高过别的船，可以从上往下看清楚那些吃水深的货船。满载货物的行船是运河上的矮个子，船尾的机声并不喧闹，来往船只运送的多是水泥、黄沙、煤炭、钢材和木材。船老板遇上熟识的船，按一两声汽笛，算是打招呼，擦身而过，彼此又相忘于江湖。

货船甲板的屋顶或船尾围栏处都栽种了绿植，绿萝、鸢尾花、铜钱草、三角梅，这是我在湖区的船上见不到的风景。尤其是十几条船连成的船队，像铁轨上停靠的列车，安安静静，又带着不易察觉的波动。船上见不到人，却行得稳当笔直，缓缓悠悠，如同水流拖着船队一起奔跑。

早些年去过杭州和北京，见过大运河的一头一尾，但如此庄重地游船是第一次，且是在曾为总督漕运院部所在的淮安。二十多公里的路程，船速不快。在文字、电视和绘画所构筑的想象中，大运河在江南的样子，两岸有白玉长堤、临河戏台，也有摇着橹桨咿呀而过的乌篷船；有商贾往来的豪情霸气，有杨柳依依和美女子的万千风情，也有岸边造船工场里木客的劳碌身影。在高堂雅座、园林花圃与市井烟火之间，随水漾动的兴衰与悲欢，被讲述了多少个"日西落，水北流"。

北纬三十二度，东经一百一十八度。淮安这座漂在水上的城市，也是运河四大都市之一，比我想象的要文静，有过的别称"淮阴""清江浦""山阳"，在历史书上都曾赫赫有名。河流两岸经几番治理，清爽养眼，带着几分灵秀，又内蕴一种排闼之势向前延宕而去。极目远望，是曾经重重关山和漠漠大野的北方，也是被南方慢慢渗透并改变的北方。我想起在大运河史陈列展厅看到的一幅砂岩浮雕，背景选取的是古代苏北地区地图，一条灯带闪烁之处，正是水的经过与流往。从这幅古代苏北地区大运河的流势图上，我记下了三个重要的时间节点：

公元前 486 年，春秋时期吴王夫差开挖邗沟；公元 603 年，隋炀帝以洛阳为中心开凿大运河；公元 1293 年，元世祖时期，南北大运河全线贯通。

从肇始初成、奠定开凿基础到通航，这是大运河三个重要的生命时刻。在波光粼粼、帆影摇晃之中，浩荡的河流穿行于广袤原野之上，与大地山川合为一体，又有着一往无前的奔腾气势。

历史总会记住最早的开拓者。我曾经在给中华书局撰稿《范蠡》一书中写到过吴王夫差，写到过他觊觎列国和睥睨失败的对手勾践的目光，这目光里，同样也注视着江淮原野。水泊遍布，要打通一条江淮之间的内河水道，不再绕道风浪莫测的南黄海，进而逐鹿中原，既是来自父亲阖闾的遗愿，也是他称霸群雄的野心所在。面对军事地图，他从未将目光挪移开，是这充满野心的目光，催促他下定决心开启南水北上、江淮连通的"征伐旅程"。有人说，当时强盛的夫差若不开挖邗沟北上争霸，不会导致后来的亡国。这只是历史的假设，所谓的挫折、失误，有时可能只是历史的提前量。举锸如云，夫差开干了，引长江水北流，运河向北穿行，全长约四百里，最后由射阳湖入淮安东北五里的北神堰合淮水。即使夫差不开挖"第一锹"，终究也会有一位君主要为野心奔赴于此。"野心"也可以解读为竞争之心、进取之心。回溯中国历史和时代文明的突破与创造，就源自某种野心所生发的巨大力量的推动。

《左传》记载："吴城邗，沟通江淮。"看似普通也容易被忽略的一句记叙，连当事者都不会想到，这是一次伟大的启程。大运河一启程，就是越千年。因为大运河，南方千年历史像空气一样无处不在，虽然它曾被压缩着储存在沉默的土地上。土地上的沉默，有着比任何事物更持久的生命力。

2

该启程了。

前面的人字闸门缓慢而稳重地打开。

一刻钟的时间，我还在计算淮阴船闸几百米长的闸体一次能通航多少条船只，还在想象水位差的升降原理，还在寻找水是如何从坚固的墙体环流注入的，船舶过闸已经完成。

我也是在这次过淮阴闸时，认识了一个字的来历："埭"。土坝的意思，多用于地名，但它最早只用于大运河之上。大运河与天然河流不同的地方，在于人工开凿后有了水位落差。从大运河沿线地势剖面图上，我看到的水位落差是很大的，设置船闸蓄水是解决落差的唯一手段，如此才能保证通航的持续性。世界上建造船闸最早的国家是中国，大运河之上的船闸尚未出现之前，人们就把那些更早的通航设施称为"埭"和"堰"，也叫车船坝、软坝，多是由土石或草木材料修建而成。水位的高低落差，让过闸的方式充满了趣味的变迁。我在一幅旧照片前立定，拍下的是一群纤夫正将过坝的船从一个平缓的斜坡上拉过去。这是"埭"的来历，也是闸最早的雏形，此后才有了斗门、三门两室船闸、多级船闸的出现。

一个朋友给我描述建在埭、堰旁的特殊"纤道"。石板铺砌，上下起伏，也就形成了后来的桥拱。当拉纤退出大运河的历史舞台，那些陈年旧迹，被保留下来的拱状地势，以一种审美的存在，化作了跨河的桥。桥有宽窄，桥拱有多有少，单拱桥如圆月上升，清辉流溢，八十五孔的吴江垂虹桥长四百余米，那气势和构造让人赞赏不已。人类的一切发明应用，就是在现实生活和时间迁移中的衍变。人在生存中的智慧，人在劳动中创造的美和艺术都是无穷尽的。

自北朝南，江苏境内大运河上的船闸要经蔺家坝、解台、刘山、皂河、宿迁、刘老涧、泗阳、淮阴、淮安、邵伯、施桥。一闸不通，万船难行。其中的淮阴船闸是大运河淮安段的第一要枢，也是当年漕运锁钥和治水重地。说船闸史，就像是说一本没有终结篇的厚书，因为大运河不会消失。我们的游船所经过的淮阴闸是建成于 1961 年的现代式船闸，但历史可追溯到古清口以及 1936 年的老闸。古清口是运河南下北上的咽喉，历来必谈其"通则全运河通，全运河通则国运无虞"。其区位优势可见有多重要。淮阴老闸 1984 年完成历史使命后全部拆除，原址兴建复线船闸，2004 年三线船闸投入使用，创造了中国船闸建设史上的十多个第一。在大运河水运日益繁荣的发展中，淮阴闸再也无法绕过，真正成了中国漕运发展史和黄、淮、运水系变迁的见证者。

过淮阴闸不远处，是五河口。顾名思义，五条河交汇的地方，东南西北，四面八方，从这里的每一道水流，似乎都可以去往世界的角落。是哪五条河呢？我找到一名船员问，他掰着手指，又指向河口说：一曰京杭大运河，一曰古黄河，一曰盐河，一曰二河，一曰淮沭新河。如果从空中俯瞰，是不是像一只生命的手掌，紧紧攥握着这片土地。"掌缝"间的陆地上，长满了植物，蒿草、刺槐和低矮的灌木。我看到几枝高立的芦苇，或是一小片的芦苇群落，娉娉婷婷，如风中行走。

运河边的芦苇与湖区的芦苇有不一样的气质。运河边的更像是婀娜身姿上的亮色佩饰。波光云影，眉目之间，是最传神与生动的情态之物。湖区的苇因为面积过于阔大，气势足，不像运河边的芦苇，是入画的，也入水上往来人的心。当地年长的一位作家朋友说起小时候卷芦叶卷芦号的事，就是剥下每根健壮苇秆上一张最嫩最有生命力的叶子，卷成长有一尺左右的叶筒，放在嘴边用力一吹，声音粗犷，河上、水畔，立刻会有应和者也吹起手中的芦号。号声此起彼伏，水鸟也应声而飞，扑扑落落，水上就像是多了旋律。芦荻萧萧，我是头次听说，湖区孩子多有穿越芦苇荡的经历，却没体验过芦号，便觉得长在运河边的芦苇参与到孩子的成长中，多了有声音的记忆，也多了生活的趣味。

返经淮阴船闸登岸，好奇地去看现代船闸的运行系统。一米多宽的曲面电脑屏上，水流变成蓝色的线条，数据闪动变化。船闸外表看上去是个庞然大物，在这里具化为两个系统：一个是智能在线巡检系统，用于对船闸机电设备进行二十四小时在线监测；一个是供配电联网监测和维检系统，对船闸供配电系统和闸区每个用电回路进行监测、报警。淮阴闸的重要，既是它的地理区位决定的，也因为它是首家建设光伏发电站，是低碳绿色船闸建设的先行者带来的。淮阴闸用数据来证明自己的"智慧和绿色"，一个工作人员脱口而出：去年，从闸口过往的船队逾六千，通行货轮八万多艘，货物通过量已在十六亿万吨之上，投产后的光伏年发电量为十九点八万千瓦·时，按照国际标准相当于全年折合减少碳排放一百五十五点四三吨。

大地上的水流，不是以前就一直在吗？我想象更远处，大运河以及旷野上的水流，像枝蔓的叶脉，也像深浅的掌纹，带去生命的热情与温暖。水纹首尾连接，连续不断地向外宕开，像一次次不断地启程，不也正是大运河向未来流去的象征吗？

该启程了。

却还留恋那舌尖上的大运河。

运河的历史，就是民族的心灵史，也是他们千百年来衣食住行的记忆史。去淮安，早被"安利"一定吃淮扬菜。说到餐饮，在我老家，过去是有几家老招牌的，潇湘馆吃的是地道湘菜，上鱼巷子的淮扬馆当家的是扬州菜，味腴酒家是京苏大菜门，万胜楼的拿手蒸菜是江对面湖北客人的最爱。可惜的是这些老招牌都消失了。所谓饮食文化，必是在特定地域的自然环境和历史人文条件下形成的。由此去理解淮扬菜的兴盛就不是难事了。

一条河带来的饮食，不止于出自河流及两岸的丰富物产，也是食不厌精的生活方式，更是人流、物流所碰撞出来的挑剔与纵情。迨及明清，大运河上的漕运、治河、盐务、榷吏、交通等荟聚一地，高车驷马，市肆繁嚣。挥金如土的商人，为结交官员名流，来往之间，想方设法延揽名厨，以至送厨师成为日常人情。而厨师间的较量与融合，烹天煮海，在菜系、菜谱上穷奇极妙。"馔玉炊金极毳鲜，春秋无日无华筵""下至舆台厮养，莫不食厌珍错"，就是对那以"吃"著名的年代的描述。淮扬菜是渐渐顺着河流北上的，也是顺着河流向南方周遭开枝散叶的。

淮安一地，从地理上说，是南温带向北亚热带的过渡区。水的滋润，让这里的沃野平畴，天生就是万物聚生之地。山温水软，稻香鱼肥，牛羊猪兔，鸡鸭鹅鸽，无论是野生、养殖或种植，应时应节，都可成餐桌上的美味佳肴。而这些土特产，品质上佳者，人们都以"淮"姓封之，这也是最早的品牌产业化吧。

在淮安吃的几顿饭，上桌必有鳝鱼，当地人叫长鱼。洞庭湖区也是吃鳝鱼的，但以爆炒为主，不及淮扬菜那么精细。而始于乾隆年间的长鱼做法，已经有了八大碗、十六碟、四点心的标准菜系。后来同治年间的名庖们又使出浑身解数，用淮地乡土特产参与到一百零八道长鱼席的制作中，可谓在当时创下了后人也无法超越的珍馐美味。

水边上活久的人，世代相传，会有一种天性的达观。水的来去，也有给人带来困苦伤痛之时，但水边上的人善于融苦于乐。丰年自然是心满意足，觉得上苍待之忒厚；灾年亦能安贫乐道，把穷日子过得有滋有味。滋味是因为水，也是因为淮扬菜以淮产烹淮菜，取料平易，物尽其用，又追求味众至和，咸淡酸甜苦辣鲜。这应了孟子的那句话"口之于味，有同嗜焉"，即男女老幼，都觉得好吃，也都喜欢吃。饮食口入，却是让眼、鼻、口、舌、肠胃等身体器官参与，水与生命的哲学意味就潜藏其间了。

有天夜里，淮安的作家苏宁请我们去吃淮扬菜，说起了饭馆不远处的中国南北地理分界线标志园。淮河—秦岭一线是我国气候、土壤与作物的分界线。公园就在市区淮海北路和东侧的古淮河两岸，园里建的一座桥即分界线所在，双脚跨南北，左右顾盼，南北风景似乎真有了些许异样。北方阡陌纵横，南方则是"船为马，河为街"。在南方人心里，这道线过了就是北方，也像棋盘上的界河，将南北相望了，也就是分别之地了。于是南方人那些依依不舍的送别，是要送到淮河岸边的。"南来漕船……姻娅眷属咸送至淮，过淮后方作欢而别。"从大运河的南端，走再远，再深情，到淮安后，就到了终须分别的地界了。我想，过去淮河岸边、淮安城里的那些酒家，一定是常有歌乐之声和伤离之泪的，每一处也都是南方人启程他乡的"长亭外"了。

是夜，许久未能入眠，仿佛隐约听到大运河涌动的涛声。多少年了，艨艟联翩，艄公纤夫的歌谣与涛声依旧。身为世界级非物质文化遗产，大运河的每一段，都有其独特的色彩、声音和气味，有其被流传的气质、故事与梦想。回想在淮安大运河旁的行走，与流水有关的记忆，是与大地、阳光、声音、旷野和风雨在一起的。这条绵延近四千里的长河，在漫长的时间里，无论谁走近她，在哪里都是启程，何时出发都是启程。从启程始，我们与世界就从没分开过。

水流指南

水流到这里，有了回旋，似乎也找到了归宿，不肯再离去。

不同名字的水在这里相逢，有着相逢何必曾相识的气度。水从何而来，又流往何处？上游是淮河、沂水、沭水、泗水，南面是临望洪泽湖，北边连接骆马湖，大运河、古黄河也穿境而过。水在迂回停留间，与大地上的事物对话。若是看卫星云图，这是一片被蓝色血脉缠绕并照耀的土地。不同名字的水，路经这个名为宿迁的地方，又有了另外的名字。

中国的地名，在时间长河中多有三更五变。平原上的宿迁，春秋时叫钟吾，秦设下相县，至东晋改名宿豫。每一个名字背后的变迁故事，都是发生在水边的聚散离合。20世纪50年代，一位古生物学家在下草湾采集到一段猿人股骨化石，断定这是距今四到五万年的晚期智人，因此命名为"下草湾新人"。下草湾过去只是一片水源丰富、草木茂盛的河坡，飞禽走兽出没于此，人类的狩猎活动在此开端，也因而成为江苏省最早的古人类遗址。水流对大地上的所有事物一视同仁，它随性，也规训地沿着堤岸，穿越新的城镇和旧的田野。水流经之处，烟火生活开始了，逐水而居的人，村庄、房舍、河堤、丛林与庄稼，在日光流年里缓慢聚集成另一道水流。

到一个陌生之地，我对老城区常抱有好奇之心。问询几位当地朋友，才弄明白那个叫宿城的所在。自春秋起，小小宿城才是县郡治所之地，也曾建起过四座古城的遗址。时过境迁，书面记载空余想象，城池早已被现代建筑混淆了历史模样，距离大运河南岸仅一公里的宿城消失了，现在只是古城居委会所在地。我找到一张当年城郭的手绘地图，城外流水环护，城内功能齐全。古代的水利工程远难抵御蛮横的黄泛洪水，水利与水患从来都是相互嵌合。被水润泽过的大地，在洪灾和战乱年代，城垣坍塌，流离失所，老百姓深陷灾难。元人陈孚有《古宿迁》诗为证："淮水东流古宿迁，荒郊千里绝人烟。"我们不难读出战乱、水患带来的凄凉和萧瑟。人在水流旁讲述着历史，水流就把人的历史带到更远的地方。

治水一度成为宿迁的历史话题。去城西北二十公里处的皂河古镇"访古"，入一典型的北方宫式建筑。四面红墙，三院九进封闭式合院，古旧之气漫溢。大院又名"敕建安澜龙王庙"，乾隆皇帝六次南巡，五次驻跸此地，就有了乾隆行宫的别称。院里寂静无声，植有柏、柿、桐、椿、槐、杨，经人提醒，才知别有深意，既是"百市同春"，又指"百世怀杨"。树木无言，古建筑映衬着浅蓝色天空，院落在寂静中显得尤为开阔与壮观。同行者慧眼，站在檐角下拍摄若隐若现的如眉弯月，白月牙在蓝色天空背景里，浓淡相见，仿若近在咫尺。顺着拍摄的角度，就看到了屋脊檐角挑起处一字排开的六兽，天马、天禄、凤凰、狴牙、仙人骑鸡、押鱼，这在别处极少见。顶礼膜拜的六种神兽，依次站立，象征着护脊消灾、逢凶化吉，也有剪邪除恶、主持公道之意。正脊上的龙吻叫"吞兽"，立于两坡瓦垄交会处。有了六兽的建筑立马有了雄伟、庄严感，而它们在建筑学上的作用，除了装饰、寓意之外，也有着严密封固、防止雨水渗漏的功能。奔着治理水患而来的乾隆皇帝宿顿于此，为水头痛伤神，不得不建亭立碑，祈福海晏河清，留在五爪巨龙碑石上的御笔诗文就是例证。与旧院落一道浅水之隔的龙运城，许多新式仿古建筑拔地而起，亦古亦新，各美其美，演绎的本地遗存、传说，都闪着铮铮的光。

我小时候很迷那位"力拔山兮气盖世"的楚霸英雄项羽，他心揣"彼可取而代之"的梦想，叱咤沙场，神勇千古无二。走进敞阔的项王故里，当导游告知项羽就是从隔河相望的下相县城出发的，我突然有种莫名的激动。一个被传诵至今的英雄，把他的失败写在了水流旁。水奔流不息，坚定不移，这是一种巨大的抚慰人心的力量。无论失败者或成功者，水流一定都会帮人打开自己。打开自己也是成为自己的一部分。十几年前，当地在筹划建造商贸城之前进行过一次考古勘探，当时的普探面积五万平方米，密探面积也有三千平方米。试掘出土了很多数量的板瓦、筒瓦残片，瓦片的正面纹饰有粗细绳纹、棱纹等。专家推测这个文化层堆积较厚的古代城址，即是秦汉时期的下相县治所在。有了这个推断，恢宏的城墙、城壕、角楼，浮现在人们的脑海中，但地下水位过高，开掘工作难以进行，城址依然沉睡地下。水，淹没了一座城址，也拯救了一座城址。

依水而生之地，水会穿越时间，也会流过空间。时间匆促，没法前往洪泽湖，但朋友告诉说，洪泽湖周边考古曾经发现有顺山集遗址，那里有一道长一千余米的环壕。环壕周侧有房址、墓地，挖掘出了陶器、石器、骨器等各类遗物千余件，除了普通常见的陶釜、陶灶、陶罐、陶纺锤，也发现了有艺术水准的泥塑人面和兽面、猪首状的陶支脚等。水边上的这道环壕，成为淮河下游流域发现的时代最早、规模最大的聚落遗址，将江苏文明史往前推了一千六百年。这是水所留下的一个地域的文明之根，水带走时间，也挽留了时间。

历史的风与自然的风，吹拂着这片有水之地。傍晚时经过骆马湖，远望去有浩渺之感，金光铺水，粼粼碧波，微澜起伏，水鸟蹁跹，这种自然之美，是让人记住宿迁的理由。水边的美，眼睛是装不下的。湖是深蓝色的，夜晚降临前的色彩。白昼的光从天空俯身撤退，幽蓝如潮水般涌过来，当时是辽阔而明亮、清澈而透明的。我望向骆马湖的那一刻，风从身后吹来，近处的水面是静的，远处却起了涟漪。我想象自己是一片握成小船形状的落叶，随风飘到涟漪处，感受着水的波纹一圈一圈地外扩，如同在时间长河里的起伏。

宿迁的水流，还有一个重要的指南，是那里的洋河酒。好水出好酒，好酒都是有来历的。因为洋河，宿迁有了中国酒都之称，或者说，因为宿迁的水，产自洋河的酒就有了长久的言说。我在餐桌上"遇到"一条洋河酒糟养大的鱼，极其肥硕，它是喝洋河水长大并"游"到我面前的。洋河只是一条河流的名字，过去这里地势低洼，到了汛期，白浪翻飞，望之如洋，又得名白洋河。因水而生的洋河镇，在大运河兴盛的时代，酿酒业就得到极大的发展。南来北往，停船靠岸，探亲会友，提壶买酒，推杯换盏，一壶酒醉倒满城人。那些有名无名的酒糟作坊，留下的酒故事，为后世众口相传。洋河酒以口感绵柔著称，传说乾隆皇帝沿大运河南巡，在宿迁这"第一江山春好处"之地品尝洋河酒后，留下了"酒味香醇，真佳酒也"的赞语。宿迁人多会有恋水情结，酒就是这种情结的一个侧影。天之蓝，海之蓝，梦之蓝，水滋润生命，也滋养精神，我们的情感都是从水流中获得养分而生长。

水流曾经深深吸引过我，那个神秘的原因我无从清晰叙说。我也探访过一些河流的源头，从地图上看过变化、蜿蜒、细长的河道，河流会流向某个终点。当我们通过水去观照生活中的事物时，我们对世界会有全然不同的理解和体验。我跟着水的脚步来到宿迁，水离开时也带着我离开。听到有人说起宿迁这座城市的精神，"生态为归宿，创业求变迁"，我们所探访的宿迁历史，由水流汇编而成，也将分发给水流带去更远的地方。去宿迁的指南是水。从一道水流通向另一道更大的水流，蓝色的夜空下，水流交集的宿迁有一种巨大的力量固守着寂静，那些来者去者的足音、呼吸和言说，在水流旁被吸纳，那些命运故事也被传诵。

飞鸟、红缨子与地下水流

　　飞鸟从老旧的窗棂上落下，稳稳地站在一堆拌曲后的红缨子高粱上。鸟伫立不动，无人过去惊扰它。空气中弥漫着酒曲的香氛。良久，它摇晃着有了醉意、不再轻盈的身体，抬头，低首，左顾，右盼，扑棱棱地飞起，穿过另一堵墙上破窗的空洞消失在天空。

　　飞鸟消失的天空我曾远眺过。进入贵州的地界，云遮雾绕，草木葱茏，山野旷寂，有如神秘园，似乎就有了饮者微醺之感。我是来访酒的。远处依稀可见的大娄山，是川贵高原盆地的界山，也是赤水河与乌江的分水岭。海拔一千五百七十六米的娄山关，号称"黔北第一关"，川黔要道上的重要关隘，往南三十多公里便是要去的珍酒厂。

　　八面起伏，山丘逶迤，当我突然意识到已是

步入"好山好水出好酒"的地界后，脑子里蹦出了一个问题："水在哪里?"水是酒之源，但我在地表上没看到明确的水。从地理上看，山南是贵州高原，此处多低山丘陵，往下走才是赤水河，那是一条写着酱酒传奇的河流。这个叫汇川的地方呢，我知之不多，字面之义暗含玄机，难道真是汇流成川? 水又在哪里? 此行似乎就是为了解答我心中的疑惑而来。

车沿着公路行驶，山的连绵青翠，并看不出它的异样。但很快那些山洞岩层就道出它的秘密。典型的南方喀斯特地貌。这种地貌的独特，就在于其主要成分是可被水溶蚀的石灰岩，在于它拥有的地表和地下两套生态系统。岩石层能强烈地吸附重金属离子，而流经岩石层的水沉积地下，铅、镉含量会下降，钙、锰、锌含量会增加，微量元素的增降之间，是水的口感略带微甜。甜是我喜欢的感觉。

水在我们看不见的地方流动。地表水渗透到岩层之下，成为一条条地下暗河。那些众多的地下岩深洞穴，岩层的断层和裂隙的蒸发，遇冷成雨，回到地下，构成湿润的"汇川小气候"。全年平均气温在十五点六摄氏度，年均降水量达到一千毫米以上，酿酒必需的微生物就在独特的微气候和微生物环境里繁衍生息。水带来的是酒奇异生命的诞生。我想当年珍酒选择汇川的理由，就在于那看不见的水，高品质的溶岩地下水。沉睡的水，苏醒的水，清澈的水，深邃的水，孤独的水，威力的水，想象的水……万水奔涌，破壁而出。水与水的纠缠，也是量子的纠缠。通过汇川的山野之上，那些重峦叠嶂的岩石、涌流的地下水、适宜的小气候、自带微生物的土壤，都成为珍酒之珍的缘由。

山水养酒，汇川就是珍酒的灵地。

又一只鸟飞进来，也许就是前面飞走的那一只。它像远游者溜回自家领地，打量着一群闯进来的路人，丝毫没有惧意。一切都是老旧的，老旧是时间的另一个代名词。不光洁的地板，熏得黑黢黢的墙，墙壁上掉色的字，剥落出各种图案的白。这栋老仓库还保留着 20 世纪 70 年代的原貌，墙壁上"贵州茅台酒易地试验厂原址（1975）"

的字样就是证词。珍酒曾是茅台酒扩大产能背景下的一次分离，一种开拓，一轮试验。这只鸟也许就是多年前飞抵的吧，与它一起到来的还有一抔茅台车间的土。那抔土，被撒在仓库的角落，早已看不见原貌，尘归尘，土归土，却又无处不在。唯有眼前的飞鸟与传说中的那抔土，替人们述说着时光里流逝的记忆。

一群男工人在高大敞阔的酿酒车间劳作，飞鸟一定不会陌生这样的场景。刚高温蒸煮出来的高粱，摊凉在地，散发着热气。赤脚的工人列队，踢打着一团团高粱，来回往复，直到成团的高粱最后均匀散开，才进入拌曲堆积、高温发酵的下一道程序。薄纱般的细雾，穿过他们的身体也环绕他们的每一个动作。一二八七？一二八七。耳边有人反复说到这个数字，仔细打听，才知这是珍酒的酿酒工艺。这个数字的意思是，一年一个周期酿酒，两次投粮、蒸煮，八次高温堆积有氧发酵和入窖厌氧发酵，七次上甄蒸馏取酒。工人的脸庞被蒸腾的热气映得微红。重复的过程是提纯的过程，好酒每一滴都来之不易。好饮的朋友神色庄重，仿佛经由此景才真正领悟对酒的态度——不可贪杯，不可浪费。

入夜，不同年份的珍酒摆上台面，被朋友和酒的热情唤醒，就有了一种饮酒追回旧时光的恍惚之感。远山月色，星空辽阔，灯火阑珊，我在醉酡之夜仿佛看到那些尚未见识过的事物。到处都是一片灿灿的红，沉甸甸的红，在风中旷野摇旗呐喊。红缨子，它们有一个真好听的名字，白日许多次出现在耳畔眼前。飞鸟一次次站在蒸煮后的高粱堆上，似乎无比热爱呼吸红缨子的神秘气息。这种贵州特产的有机糯高粱，比别的高粱颗粒坚实、饱满、均匀，粒虽小皮却厚，可以历经多次蒸煮。红缨子只有在茅台镇特有的气候环境、土壤、水分里，才有了种植长成的可能性。珍酒不可复制的，不仅是赤水河上游的地下水，也与以红缨子为主的原料作物有关。多次蒸煮后形成的"沙"，成就了珍酒的灵魂工艺：九次蒸煮，七次取酒。

遇到一个酿酒师傅，和我谈酱香酒的芳香化合物和多酚类，讲酒曲发酵中的儿茶酸、香草醛、阿魏酸。奇怪的名字、专业术语，多是"红缨子"

高粱及酒的地域微生物群形成的密切关联。酒是粮食精。赤水河流域高粱起源于本地，由野生物种进化及驯化而来的本地糯高粱，历经先民随机选留，主要传承的品种有几十个：黑壳、红壳、花壳、青壳、白壳、马尾、荣昌、矮子、中心、七叶早高粱、米高粱、牛尾陀、鸡麻婆、金英子……唯有红缨子成为优选。车间中央是一口口标准化的窖池，七八米深，周正光洁，一年投红缨子十四吨，制曲用小麦十五吨，产优质酱酒八点三吨。我记下它们，和那夜灼热梦境中的红缨子有关，和纯粹、浓酽、明亮的珍酒有关。

酒是水流，也是火焰，是豪情、浓烈、兴奋、刚毅，也是私唔、悱恻、绵延、柔韧。我曾固执地认为，酒是可以用无限来遐想的水，潜藏着惊人且巨大的力量。我不善饮，但愿意看留其名的饮者推杯换盏之间的率性纵情、众声喧哗，抑或是沉默寡语、热泪纵横。好酒，藏着人对时间的态度。珍酒的绵甜、细腻、收敛、醇厚，在入口后散发出悠长的回味。这也是时间的回味，是"我有一樽酒，欲以赠远人"，是"腹中书万卷，身外酒千杯"，也是"今人不见古时月，今月曾经照古人"。镶嵌在时间里，又可以忘记时间所在的瞬间，仿佛千年古树生命中遽然冒现的绿叶奇迹。

"珍"，我默念着这个字，如同初学的孩童，尝试着认识所有可以与它组成的词语。一字千钧，一呼百应，是珍品、珍藏，是珍惜、珍爱，是珍瑰、珍贵，似乎没有哪一个词不是带着美好的标识。朋友的嘴里突然蹦出"珍酒流派"，我一惊一喜。当一种酒被称为流派的时候，它就不再是普通的一种酒，而是与文化、工艺、地理等有关的象征了。时空流转，珍酒藏着的温润、内敛品质，尚未广为传诵的传奇，如发光之物不因遮蔽而消失。

飞鸟、红缨子、溶岩地下水流，汇川山野之间的事物，都是为珍酒唱颂的歌者。珍酒之行所见识的经验，都会发酵。有朝一日，喝过的每一杯珍酒，都会发酵成人生的珍有记忆。走出珍酒展陈室，扭头的那一刻，读到一段话：

1975 年，科学家经过周密测试，最终选址距离茅台镇仅一百三十公里的遵

义市北郊十字铺建立科学试验厂。这里
山清水秀，环境优雅，水质清澈甘冽，冬
无严寒，夏无酷暑，雨量适中，诸多自然
条件决定了这里成为酿造美酒的理想场
所。以原茅台酒厂厂长郑光先为首的二
十八位技术精英，将窖石、窖泥、原料、
设备等原封不动地从茅台搬来，试验厂
正式投料进行生产，掀开珍酒传奇的第
一篇章。

眼前又出现的那只鸟，其实就是儿时最常见
的麻雀。它是时间的飞鸟。日光流年，万物生长，
那些传奇的书写者，还会在尘世滴答的流动中创
造新的珍酒传奇。

无界之地

那是一道不为人察觉的蓝线，将西峡老界岭上的分水岭观景台一分为二。

神奇的是，方寸之地，如同中轴般的蓝线，晴蓝色的标尺，却是界线的存在。像一座隐形的屏风，或如一堵透明的城墙，把空山来风阻隔在了蓝线一侧。

河南老作家李天岑拉着我的衣袖，让我感受风从哪里来，风又如何不见了。

站在海拔一千八百九十米的分水岭上，因为这道蓝线，我成了一个天真的孩子，惊喜地从线的左边跳到右边，又从右蹦向左。如果这是界线，此时我就是一位越界者。这一边，是风很劲道地吹向我，闭上眼睛，衣服、头发、皮肤，被席卷的风吹拂着，颇有御风而行的轻盈。那一边，是风平息了，藏匿了，退却了，阳光灿烂，松林静止，睁眼四探，风都回到了丛林深处，回到山岭被岁月摩挲过的万千褶皱之中。

每条褶皱，仿佛都是一道神奇的蓝线，是时间刻在大地上的裂缝，藏着不同的来历与过往。

地处豫西南边陲、豫陕鄂三省交界的老界岭，是"世界地质公园"伏牛山上的一个隆起，形成于十八亿年前的震旦系，是名副其实的一条分界岭。大地行走，被冠"分界"之名的山川河流不少，但老界岭与众不同。它是中央造山系缝合带保存最完好的地质遗迹标本，有着"中华脊梁"的美誉。也有人感慨"天上一滴水，半入长江半入河"，说的就是隔着这道山岭，两条哺育华夏文明的河流虽不相见，却能倾听到对方的心跳。跳动的，是波涛、骇浪，是时光的历史，也是每一滴水的传说。

那个叫小吴的年轻女孩，是景区新来的工作人员，她眼波含笑、温声细语地讲述老界岭的"出生史"。我听明白了那个传说：老子西出函谷关之后就隐居在伏牛山，"老"既是历史久远的确

定，也是一位特立独行者的介入。而"界"的来
历，地理上有着清晰的指认——是中国南北的界
山，是南阳和洛阳两座古城的界山，也是长江、黄
河的界山。这个"界"，是耸立，是标识，是南北
气候的过渡，也是动植物在此生养栖息的自然分
庭与无缝衔接。长江、黄河流域以岭为阻断，喊山
喊水，相逢又分别，溪流、河流，支流、干流，各
奔东西，又各得其所。

我关心的风从何而来缘何消失，很快也从地
理特征上找到了回答——来自中国北部、西伯利
亚平原的寒冷气流自北向南流动，与自南向北流
通的沿海湿热暖气流相遇，万里迢迢，山高路阻，
平均海拔高于北部山脉的老界岭变成了一道屏障，
劳顿奔波的两股气流行进至此减弱殆尽，相逢一
笑，握手言欢，就有了山岭上的北面有风、南面无
风的奇特现象。

这奇特，是一道蓝色弧线的奇特，是秦岭—
伏牛山逶迤延宕归于老界岭的休止，也成就了西
峡地貌最深广和厚重的褶皱。这奇特，裹着山石
骨架、土木肌肤、河流血浆，裹着变化跌宕、风霜

雨雪，也裹着万物生长、日光流年。此时此刻，风起风停，思绪也飘飘落落，古往今来那些经历过同一时刻的人们，在听不到任何声音的凝固瞬间，是否都是完成一次对生命的指认，展开对世界和给万物命名的想象。

遗憾的是，站在老界岭上，左眺右望，却没看到水的踪迹。奔腾与湍流、蜿蜒与潺湲在这里消隐了。老界岭像一个巨大的迷宫，把水都引流到视界之外了吧。要知道，西峡河流众多，奔赴长江的丹江水系的一条主干流鹳河，就在境内穿山绕林，纵南贯北，而大小河流五百多条，像羽翼状地匍匐在崇山峻岭之间。这些羽翼般的水流，汇成三千一百五十七平方公里的水源区，让西峡成了南水北调中线工程的核心水源区第一大县，占到了河南省的百分之四十。盛大的水与惜惜溪流，要奔赴遥远之外的水，充满隐喻和象征的水，在这道"界"前止步，分道扬镳，不能相认。水的命运在此被分界。但谁又能说，它们不会在天空、大海见面，在人的身体里相遇呢？

原以为分水岭是老界岭的制高点，却被告知

对面的主峰犄角尖海拔两千二百一十二点五米。犄角尖上有八角凉亭一座，被丛林拥围点缀，颇有诗情画意。这个与河南境内最高峰平起平坐的高度，是老界岭的得意，也是西峡的气势。秋光洒落，南方山岭的葱郁热情与北方的苍浑隐忍，一并呈现，如经纬一次镶金嵌银的漂亮编织。向远方致意，视界所囿，西起陕西商洛、东至方城垭口的莽莽伏牛山只可看见模糊的轮廓。人在天地间的渺小，看见是最不可述说的，但在眼界、心界之外却有着无尽的想象。

观景台上，有两个别具匠心悬空固定的画框，人立于框中，以山岭为背景，拍出的肖像之作皆报以满意且惊喜的赞叹。有飞鸟入框，又很快一掠而过，在山岭背后消失。它也是这里最无顾忌的越界者。从山谷到天边，飞鸟眼中，没有界限，也没了大地的身影。任何"界"在飞翔的翅膀之下都形同虚设。人没有翅膀，脚下踩着的每一片落叶，发出清脆的折断之声，提醒着人们身居何处。回望上山的索道，车厢吊在半空，循环往复，早已把山间风景看遍，也成了被人看的风景。索道也是一道"界"，行走被工具取代，足迹被天空抹去，时光陷入寂寥。

山中四季更替，颜色渐变，一夜之间，一场风雨之后，你是无法精准找到那个时间界点的。季节深处，有界亦无界。正如深秋此刻，秋后无霜叶落迟，千年银杏、国宝连香、杜鹃、红豆杉、七叶树等植物散落在起伏坡岭，鹅黄、淡黄、橘黄、银灰，镶着水绿、亮绿、碧绿、墨绿。色彩的层次与差异，是大自然的巧心与天赋。没有哪一个季节是最美的，也没有哪一个季节是不美的。小吴笑着说，她是疫情刚结束后来老界岭报到的，经历的夏天秋日，各有其美，又美美与共。毕竟这里考证出种类繁多的植物达到了两千二百多种，二十三万亩面积的老界岭，在这个数字里堆垒着一个南北植物共生的多样性植物基因库，熏染出季节之美，也制造着休闲避暑的"天然氧吧"。

茂林修竹，山岭沉寂，却压不住植物们内心的喧腾。老界岭盛产的一千二百多种天然中药材，算是植物中的另类。数量已然庞大，更令人羡慕的是纳入药典目录的名贵中药材有一百五十多种，认证为中国地理标志产品的山茱萸产量占到全国的百分之七十，成了声名在外的"山茱萸之乡"。药凝天地之气，既是治病、救命的，又承载着医圣之源。相传后世奉为医圣的南阳人张仲景多次沿山访病采药，是在西峡找到了五味子、朱砂根、柴胡等草药，尤其是寻到了山茱萸。山岭沟谷大概都回应过这位曾"踏破铁鞋"的医圣如获至宝时的欣喜呐喊吧。山路上脚印深深浅浅，留下他很多的逸闻：遇老猿切脉治病得万年桐木回赠，制古猿、万年古琴两尊；以祛寒药材、羊肉熬煮，用面皮包成"娇耳"帮穷人治冻疮耳，后被人们仿效成包饺子过年以示感激与纪念……远在湘水畔，也有他的故事流传。某年疫疠流行期间，面对许多慕名前来求医的贫苦百姓，当着长沙太守的他，心中是隐隐作痛的。他也许是最没有官老爷作风的官员，脱下官服就成了宅心仁厚的医者，热情接待，悉心诊治每一位病患。求治者越来越多，他起初是公务结束之后回家中把脉问诊，后来索性在府堂之上坐堂就诊，被后世传为佳话。这位越界者，后来写出了中国历史上第一部跨越理论与实践的医学专著《伤寒杂病论》。大量有效方剂的记载，确立辨证论治法则的临床诊法，不就是中医的灵魂所在，打破并疏浚身体内的界限与壅堵。

从依山而建的仲景宛西制药厂离开，不能不惊叹医圣所留下的有形无形的财富。这里建起了百草园和山茱萸、地黄、山药、丹皮、茯苓、泽泻六大中药材基地，研发出了上百种中成药产品。药材好，药才好，这是西峡山野的骄傲。淡微的药香从百草园散出，也是从山野的一草一木之间生发出来的。我嗅着草木芬芳，探寻着脚下的路，那些向远处生长的路，要通往何方？有的是年复一年踩出来的古道，也有后来为了游览便利修的栈道。沿着它们中的任何一条，都是踩在时光的脚印之上。

老界岭所属太平镇的党委书记打趣地与我们"算账"：新鲜空气、优质饮用水折算成"年收入"，比城里干部实惠得多。这笔别处无法产生的收入，背后支撑的是高达百分之九十七点八的森林覆盖率，是平均每立方厘米三万六千个的负氧离子含量。观景台宣传展示的奇峰、怪石、云海、雾凇、犄角尖佛光等，是摄影家的守候与游客的偶遇。山岭变身"海"中岛屿，日光穿透薄雾，金光如离弦之箭，落在老界岭上，就成了清风松涛，拂晓绿遍山冈，夜静星繁，倾听一片萌芽。这也是城里干部"嫉妒"的。太平镇上，开门就见山，见山就是景，活在风景里的人才是幸福的。

到西峡两日，在这北方之南，或说是南方以北的地方，都是沿着伏牛山脉这条界线在行走。古史记载中的西峡，"秦楚孔道，豫陕咽喉""陆通秦晋，水达吴楚"，且"山产百货风行，千里万商云集"，是秦朝商鞅的封地。这位变法者也是一位越界者，但他更多的是在设计并立起规则之界。也许他至死也未能明白，界之所在，也不是非此即彼，也并非界限清明，世界本是一次圆融贯通的交汇。

云朵在日光下飘移，把简朗的影子投在山岭上，如悬挂着又一道抽象派褶皱。只有站在高处，才能看清褶皱的模样，理解褶皱的存在意义。西峡正因这些褶皱而有了可叙说之处——

山南水北，是古都国属地，楚国都城丹阳的

白羽邑，有着争议的屈原出生地；屈大夫"扣马谏王"、秦楚丹阳古战场等传说与遗址，重阳文化发源地的积淀勾织着历史的纵深；以恐龙蛋化石原始埋藏状态为特色的恐龙遗址，折叠成亿万年计的沧海桑田，留给我们探察天体演变、地球灾变的一条时空秘径。我仔细观察那些在玻璃柜里展出的恐龙蛋化石，被命名诸葛南阳龙的骨架标本，来自白垩纪的礼物，消失者留下的备忘与签名。

褶皱是魔术师，手中的红布一抖，重现眼前的山麓下的那些自然村庄，在宁静缤纷的秋色里，流动着被时光之手改变的新农村风貌——丁河猕猴桃小镇，六个村庄近三十平方公里绿水青山的成片种植，生长的就是"金山银山"；五里桥白庙村的农游一体，映现在庭院夜色的喜悦灯火里，而那条流光溢彩的"星光"大道，点亮的是乡村旅游振兴的未来；二郎坪的养蜂业、双龙的百菌园，踏上的是脱贫攻坚带动两千多贫困户走出困境的康庄大道。让人感慨的还有一条与伏牛山脉平行的文化之脉，串联起西峡、嵩县和陕西商洛等地，涌现出当代文学史上乔典运、阎连科、贾平凹等名家、大家。老界岭有界，西峡却是无界的。大自然永远是最神奇的所在，中原大地上的包容、厚德、和谐，一种偏爱，造就西峡的山水人文于无界之中，如同岁月的潮，退到远方，也涌向远方。

界碑，界限，疆界，边界，界石，界河，越界……我在这里领略"界"的差异，峰与石，林木与草薪，人与自然，时光与生命，自由与限定，又都是同一个世界。当我们沉浸其中，会发现生之悲欢离合，如同老界岭上的草木一秋，水滴石穿，万径人踪灭，春风吹又生。世间万事万物，看似有界，亦无界，眼中有界，心中无界。人所执守和跨越的，追逐与放弃的，拥有与失去的，都是在"有界"与"无界"之内酝酿积存，在"此界"与"彼界"之间涅槃重生。

索道下老界岭，脚重新踩在大地之上，天空的蓝与分水岭上的蓝于眼前闪动又退去。无界之地，遮无可蔽，山岭间的清风和色彩涤荡胸中情绪，块垒瓦解，斋粉纷飞。发发呆，或是出神，都那般美好，如同聆听老界岭讲给喧嚣尘世的自然课。时光长路，无论我们走到哪里，经历着什么，拥抱的依然是大地之上共同仰望的浩大星空。西峡之行的收获恰是在一次老界岭的攀山越岭之中显影。这里的每一株植物，每一个流连的身影，每一寸泥土之上萌茁的生灵，发出酣梦中的呼吸，都在讲述中被记刻和叩念，莅临者也因此享受着越界之后内心盛纳广袤的欢欣，像是在做好飞翔姿势之后，等风来！

梵净山时光

O

对一座山的认识不仅仅是需要时间。有的人一辈子也走不出山的环绕，而有机缘的外来者能一瞬间洞察山的秘密，触摸到山的脉搏。

比如眼前，梵净山，有一个素雅、清洁的名字，似乎能安抚每一颗浮躁的心灵。当我们这群漫游者，谈笑风生地从各地于此相遇，走近她的时候，内心的震惊，一下掉进了失语的深阱。我也曾想象，那些在时光深处存在过、如同我一样的人，都在这里完成一次未谋面的相遇，呼吸过梵净山的呼吸，畅饮过梵净山的山泉。或者，被纷繁复杂的世俗生活所搁浅的人们，记忆在这里打上马赛克，成为生命之中的盲区。

1

凌晨 5 点左右的雷雨交加，把我从酣睡中唤醒。外面天色模糊阴暗，所居住的客栈，是一座四合大院，院子里有一人工水潭，取名养生池，很巧妙地告诉我们，到了佛教圣地，一切言语都会有神灵的向导。按照规划建制的木质结构房子，屋顶是石质砖板垒叠，从屋檐垂落的水声格外响亮。不隔音的楼板，传来同行者的辗转与轻叹。

晨光在雨声中绽裂。客栈内的人陆续起床，雨不依不饶。仿佛无休止的雨，真会成为阻挡我们完成一个仪式的羁绊吗？近在咫尺的梵净山，是以怎样的理由拒绝我们的朝拜？心迹不一的我们，都翘首以待一个神奇的诞生。

2

对这座佛教名山的景仰，来自于它顶着"天

下众名岳之宗"的光环，还有梵刹庙宇云集，诞生"四大皇庵""四十八脚庵"的记载。发轫于唐宋，兴旺于明清，万千善男信女天南海北接踵而至，梵净山在时光深处走出一道庞大的背影。

这道背影被光照出诸多褶皱，褶皱里藏着无数惊喜。几天来，我们就跟随着梵净山绵延的身躯，在山脚下盘桓。从印江的朗溪、合水、永义、新业、团龙到黑湾河，这些陌生的地名，马不停蹄的行走，帮我们完成了仪式之前的情感积蓄，又在夜深人静的时刻开始在心灵的底片上显影——沿着青石板路，土司遗址上所剩无几的建筑，在嚼食人间烟火中依然保存着那份古朴。历百年风雨的兴隆桥，经年不息地听着细水长流的喜怒哀乐。蔡氏古法造纸的七十二道烦琐工序，把时间包装进一沓沓轻薄的纸张之中。还有梵净山西麓孤独守望了一千四百年的紫薇树，树冠荫蔽，筋骨嶙峋，只开花，不结籽，不繁衍，"中国唯一仅存"和三十四米的高度让人万分感慨……

更让人感到一种神秘力量潜伏的是，抵达山脚下这片旅游村寨时的那份宁静、旷远、沁凉，由远而近，将我紧紧裹住。黑湾河的水清澈冰凉，拐弯抹角地从山的深处出来，撒开千万只脚丫子在凹凸不平的石滩上跑，奔赴远方的聚会。视线无法企及的远方，只能在脑海中浮现。抬头可见的是山上的绿，层层叠叠，颜色参差，仿佛是无数支油彩笔长年累月地在梵净山这块画布上均匀地涂抹，又似变幻的时光在这里完成的最纯粹的一次剥离与积聚，绿色的聚变。

而这一切，都只是朝拜梵净山的前奏。

5

客栈老板一个电话，帮我们打探到"山上天气晴好"，一下子扫去蒙在心头的阴霾，刺激我们内心的初始愿望。冒雨出发，披云戴雾，去登临那山巅之上的金顶。

时间的紧凑，让我们选择了二十五分钟的缆车车程。山上雨停的时间不久，雨珠还悬挂在透明的车窗上。一颗雨珠折射出一个不同的梵净山。窗外像影片一般地变换着不同的景色，同行的本地朋友拉拉杂杂地谈论着梵净山的乳名、逸事，絮叨着山上金顶周围分布的万卷经书、蘑菇石等奇特岩石景观，还有云海的壮美、佛光的神秘。

山上天气并未完全晴好，云雾大军压阵，拥挤在山谷，又缭绕到山腰之上。视域里的茫茫林海，时而清晰可见，时而隐藏模糊，摇荡成一片片厚薄不同的绿色。缆车在某一时刻仿佛静止在高悬的空中。当景色被山雾遮挡，就焦急缆车的缓慢；而到云开见日、云海翻腾的壮美远离时，又叹息行进得太快。

迫不及待地下缆车，站在观景台上定睛瞻望，缠绕远处山腰的无际白云，如朵朵妖娆绽裂的棉花，被云幕深处的阳光穿越，光亮而灿美。飘浮近处山脚的云雾，像清溪中的薄洗轻纱，伸手即可捞起一缕芬芳。偶尔有尖尖的山峦，耐不住寂寞，挣跳出云海，露出一角峥嵘。

没有人说得清这座山到底收藏了多少时光的秘密。栈道两旁的宣传牌，向人们揭示更多的不为人知。庞大的山体，两千六百余种生物种类，在这"一山有四季，上下不同天"的地方共生共死。

珙桐、鹅掌楸、冷杉、香果，这些濒临灭绝的树种，混生在成片的杜鹃树之中，与那些隐没大山之中的动物昆虫声息相闻。有"世界独生子"之称的黔金丝猴，被统计全球只剩七百五十只左右，也仅生活在这里……还有太多不该省略的生命个体，时光在它们的身体里储存，也被它们消耗。在这生命的大舞台上，腐烂与新生，繁荣与枯谢，大自然的鬼斧神工、妙手天成，让人类的一切艺术创作都黯然失色。

"隐藏一片树叶的最好地点是树林。"博尔赫斯的告诫，在梵净山无须验证。如果不是那一条条被无数双手脚开辟出来的栈道，一个外来者极其容易消失在这片丛林之中。

1

一路向上，前方是声名显赫的金顶，我们互相鼓动着开始上行。尽管前两天的劳顿为前进的脚步增添了几许沉重，但金顶散发出的磁力，足够让我们不轻言放弃。弯曲的人工栈道，有的是木塑板铺就，有的是依山就势凿成的石道。山上的冷风，把雾团吹过来，缠到我们的发梢上，挂成一行行湿珠，手指轻轻触碰，它就落地碎裂。

时间不起波澜，仿佛已经凝固，我们的脚步走在它的前面。几经辗转，先到达的是蘑菇石景点。天气陡然阴霾，只看得到灰蒙蒙的石影，坚强地矗立在那里。我们小心翼翼地走近，留下一张张灰蒙蒙的影像。雾气越来越浓，同行者中有人打起了退堂鼓。那些缥缈的雾气缠住了脚步，额头、前胸、后背、手臂，每一寸肌肤都像春天受潮的墙角，渗出细密的水液。体能的下降，对攀登者是一次考验。"不到长城非好汉"的气概横亘心中，一小队坚持者继续前往最后的高地。

九十余米高的金顶，却是在海拔两千四百九十三米之上。这两个数字，看似那么不对称，但它们被大自然神奇地叠加到了一起。

上行的栈道越来越窄，越来越陡。在岩石丛中弯绕，一不小心抬头，就会碰着前面一个人的脚跟，或者犄角似的石头。雨雾垂挂在岩石缘边上，饱满地砸落在我们的头顶、脖弯。不规则的石阶呈现出不同形状，有的窄处仅鞋尖借力方可踮过。这真是一次没有退路的攀爬。防护的铁链，此时变成了攀爬者的攀绳。铁链上的水珠与人的手掌摩擦，散发出浓烈的铁锈味。也就是这不到百米的高度，我们格外谨慎，仿佛走了很久。

当前行者站在金刀峡朝我们呼喊时，他的声音从峡缝中跟着石头上的水珠一道散落。金顶就在头顶，我们加快脚步穿过那条逼仄的峡道。金刀峡一劈而就，金顶从此一分为二。始建于明朝的释迦殿、弥勒殿左右侍立，而横跨连通两殿的天桥，以及殿后的两块巨石——晒经台和说法台，组成了梵净山绝顶之上的独特风景。

5

面积拘谨的金顶之上，云雾迷蒙，风驰呼啸，湿漉漉的呼吸滋润肺腑。环顾两大宝"殿"，空间摆设很小且简单，一尊像、一神龛、一香烛、一功德箱、一僧人。这样的简陋，让人生发出一种难以言述的心情。与我曾走过的另外一些佛教名山、寺院相比，因为散布的广袤和地势的艰难，梵净山的香火显然有些偏于清冷。清冷带来的远离，不能不说是一种保护。再转念一想，朝拜的香火烧到了云天之上，历经云雨变幻的攀升，"会当凌绝顶"不是神祇对朝拜者的另一种点化吗？

殿后各倚靠着一块巨石，石壁石缝上开凿出千疮百孔的"时光花朵"。风霜雨雪，登者肌肤的触碰、摩挲，让它变得更加坚硬和沧桑。凝眸长久，仿佛从沉睡在岩石之上的时光中，看得到历史光影深处前赴后继的跋涉者。从何而来，为何而来，千言万语的叙述，都抵不过石头的片刻沉默。

风紧一阵慢一阵地刮过来，一同上来的当地朋友手指画着圆圈描述，夏秋时节，雨后天晴，若是有缘人，能看到佛光。我们缘浅，只能想象佛光的模样，金光灿耀，光芒万丈，梵净山绵延的山峰和广袤的层林，都能在那一刻被照得通体透彻。幡然之间，我顿悟到，对每一位佛门内外的人来说，千辛万苦的跋涉朝拜，不都是对心中佛祖真容的追觅？金色肌肤，仪容整齐，目光清静，浑身散发祥和的气息。而观瞻佛祖真容远比观照内心要容易得多。对外表的执着不仅令普通人烦恼，也同样烦恼着那些想要从红尘中解脱出来的修行者。

在时光的千万种方式里，每个人都是唯一。

6

下山已是午后。景区出口，有一个正在展出的国际摄影展。那些为完成一幅作品而苦苦守望的摄影家们，以各种色态的光和影向人们展示出梵净山不同季节、时间、地域的样貌。其中一幅影像摄于清晨。朝阳从山那边喷薄欲升，远景的梵净山呈现出三座弥勒像并列的景象：老金顶是弥勒坐像，新金顶是金猴朝拜弥勒像，三大主峰相连则是长达万米的大肚弥勒卧像。讶异再一次奔袭我而来。

山即是一尊佛，佛即是一座山。

佛的存在是和谐，是万物共生，我想，梵净山存在的意义就蕴藏其中。对一座山的认识在这一刻清晰呈现。

体力透支消费后的饥辘,在回眸之际,被山谷涌来的风吹散。梵净山以另一种方式向我们告别——太阳刺破云海,晴空一碧万顷,它在我们眼前发出庞大的摇摆。我告诉自己,那是一个朝拜者在路上行走时的摇摆,更是时光的摇摆。

属于梵净山的时光摇摆,呼吸凝滞,又瞬息万变。它日复一日向那些跋涉者,如此般敞开内心深处从未改变过的秘密。

流水函关

是黄河这条道路引领着我抵达这里的。

东西南北中，行走中原大地，万物都沿着黄河这条曾经的历史中轴线而生长。从这里，黄河进入中游峡谷的下一段，北为晋北，南为豫西。黄河也因山就势，硬生生将南北走向的水流折弯成东西走向，完成凌空俯瞰时"几"字的弯钩书写。这是潇洒的一笔，这条大河流到这里，有了节奏、矜持，也有了坠落、跨越。行走的水，从远在千里之外的源头昆仑山和星宿河，经黄土高坡到豫西塬上，走多远，就走出多少条道路。最初的道路必然就像这条九曲回肠的河流。或者可以这样替黄河代言：每一条道路都经过且通向我。

我该怎样描述"这里"。此刻，它是离三门峡市区三十六公里的灵宝市，是灵宝市往北十五公里的王垛村。再往前追溯，是夸父逐日渴饮河渭弃杖化为邓林之地，是紫气东来、鸡鸣狗盗等故事传说的起源地，是战国秦孝公从魏手中夺取的崤函之地……如果我愿意，还可以说出数十上百种关于"这里"的定义。

人们称谓"这里"为函谷关，它的名字就是它的身世。东去洛阳、西达西安的故道，所要穿越的崤山至潼关段，几乎都是在山涧峡谷之间，人行此中，如入隧道般不知深险，古称函谷，险隘之意，如此贴切的命名再没改变过。有传说是西周，武王伐纣至于牧野，大胜而归，置关于此，又专设司险管理关塞；也有一说是秦孝公战胜后选择了最险要的这一段来重兵把守。冷兵器时代，金戈铁马的战场，可不是要建一个好看的景点、划一个瓶颈似的边境，而是兵家必争、胜负定夺之地，是国君与枭雄一争高下、开创与终结一关定论的象征之地。这也才有了"天开函谷壮关中，万谷惊尘向北空""双峰高耸大河旁，自古函谷一战场"的浪漫诗性与现实抒怀。

如同黄河在我抵临之前就已经流淌多年，这

座耸立眼前的关楼栉风沐雨，变了颜色，成了时间里的事物。我当然是这样以为的，但人们告诉我这只是 80 年代后期起在原址上新修扩建的。现代旅游，将它打扮得阔绰而招展。所剩无几的原址，风雨历经的原址，却留在了黑白图片中。寻古访古却不可得古的人，会滋生怎样的失落？我却又释然了，它既是一个旅游园区的核心，也仅是诸多景观的一分子。如同历史上有关它的每一个故事，都有它的身影构成，却又只是一颗大宝石上的一个切面。风云际会，屡毁屡建，屡建屡毁，是它必然的命运。但就在这里，即使剩余一片空旷，留下的只有片瓦独木的想象，那也是荡气回肠的。

我从广场上穿过，脚步急切，仿佛要赶赴着消失的时间去抢先一步。北邻的黄河，奔流不停，没有人能走到水的前面，又怎能超越时间呢？绕过园区高耸的塑像，飞檐翘角的楼阁，保持年代原貌的屋舍，重点保护的纪念物，我每一步都小心翼翼地踩在被熙攘人流踩过的步行道上。移步即景，道道帷幕拉开，却还不是我想要见到的古关遗址。园区里栽种了很多树，玉兰、木槿、国槐、小叶女贞，我欢喜地辨认着它们，却忘记询问哪是最古老的一棵。人若能站成一棵树，也是幸福至极的。又有些恍惚，仿佛所有的树都是过去的人，每一次枝动叶摇，都是微笑或沉思。也许从前，我们看到的不是它们，而是市井喧嚣、袅娜炊烟、南来北往的口音、疲倦却压抑不住兴奋的面孔。

无楼不成关。没有关楼，也成就不了这片被时间永生讲述的土地。

我是绕了一大圈然后从西侧登上关楼的。关楼四面，独西边的砖墙斑驳、风蚀得显明。青砖砌垒的缝隙透出潮湿浸磨的花白。我回头抬望，几棵高大的柏树枝条旁逸斜出，半面墙被重叠的庞大树影所遮蔽。是否成为这面墙尤其风蚀的原因呢？没有人回答我的疑惑。关楼是双门两层，东西走向，楼上有两座三层悬山顶四阿式的木塔，遮风挡雨，塔尖雕刻着一对相互凝望的丹凤鸟。关楼是这片新广场上的唯一建筑物，耸立、气派、庄严，建筑风格倒不多见。古代的生命故事，多是发生在河流、古道之上，或是边界的关楼。函谷关的特殊地理位置契合了它们，南接秦岭，北倚黄河，东西或绝涧或高塬，它的迷人之处，也是它的揪心之处，就在于那么多人想通过它、占守它。它是阻滞、关闭，也是畅通、开放。

在这里，有一件事是不能回避的，那便是历史的追溯。无论藏在哪个角落，历史的风扑面而来，情绪的力量在历史的托举下，让去往函谷关的路变得跌宕起伏。已经没有了路，那条我想看到的历史之路，被广场上崭新而巨大的石板所覆盖，始于20世纪80年代的修建，关楼只是历史的指代物的化身，过往痕迹被抹去。直到眼前被一尊黑色石碑身后的函关古道所打开。在古代，那只是一条在沟谷中蜿蜒的土路。有记载说这条曾经崎岖狭窄、蜿蜒相通的路全长十五华里，沟壁有五十米高，坡度有四十到八十度，有的地方仅两米宽，仅能容一辆牛车通过。车不方轨，马不并辔，人行其中，如入函中。并非夸张的描述，可以想象出它在军事战略上的利害。战争从遥远的春秋战国就开始了碰撞，直至秦国一统，函谷关扮演着决定胜负的关键角色。西汉贾谊在名篇《过秦论》中议论："于是六国之士……尝以十倍之地，百万之众，叩关而攻秦。秦人开关延敌，九国之师，逡巡而不敢进。"好一个"逡巡而不敢进"！函谷关之险也暴露在"不敢"二字里了。

　　然而到了公元前 209 年陈胜义军过关交战，刘邦绕关灭秦，项羽使黥布破关，怒而焚关，函谷关又为秦的灭亡画上了一个终结的句号。自此往后，进退之间，是"逐鹿中原"，也是"入主关中"，这八个字里藏着千钧重量和血腥杀戮。再去拨开时间的密叶，沿经"安史之乱"中的桃林大战，闯王李自成激战斩敌明兵部尚书孙传庭，1927 年冯玉祥北伐驻防，直至 1944 年 5 月中国军队阻挡日军侵略西犯的函谷关大战，都绕不过此地。太多与函谷关勾连的历史细节需要赘言叙说，铁打的雄关流水的战事，山河之险，悬隔千里，长治久安的险固倚仗，得失之间均因这里而起。这里，并非只是一座青砖砌起的城楼，而是一条真正通往时间深处的道路。也许它从来都是道路，如同它倚临的黄河，连接的不只是一个个地点，而是可追溯的来处、可前行的去往，是立体变幻的时空，也是后人用来想象自我的原点。

这条看不见的道路，更远的地方，是远方，也是远去。

过函谷关，从一个向往，忐忑的未知，就此变成了一种情绪。函谷关留有秦、汉、魏三处，汉关在洛阳新安县，魏关因三峡拦洪大坝修建而被淹没，秦关的历史当然是最长的。通往秦关的路不断被覆盖，也不断被呈现，是延伸的呈现。走到这里，仿佛已经走了很多年，应该徒步，不只是看看路途的风景或肤浅的探察，更是要从历史的踪迹中学会思索。鲁迅在 1924 年的暑假来过这里，国立西北大学和陕西教育厅邀请他到西安讲课，归途中他来到了灵宝县。他在日记中写下："九日晴，午抵函谷关略泊，与伏园登眺，归途在水滩拾石子二枚做纪念。"那是一次短暂的停留，"略泊"二字里，他会想到些什么呢？他历来以为思考是大于世俗生活的。是欣喜、怜叹？是流连、彷徨？古关是帝王将相的觊觎，征服的对象，荣辱成败的要塞，也是平头百姓的向往，富庶安逸之门，仿佛是经由此地，过关斩将，鱼跃龙门。生活是人书写和创造的，函谷关的历史亦然。鲁迅离去，那二枚黄河石还会在日常生活中唤起他对函谷关的回忆吗？

从古道上走过太多的出关者，但有一人不能不提。他的到来被记载在公元前491年的农历七月。当时的函谷关令尹喜，据说他某天清晨起床第一眼看到了东方的紫气，"知有异人过是"，他等来了这位八十高龄的老者——东周守藏史老子。这位又名李耳的老人骑着青牛，被他的崇拜者热情地挽留下来著书立说，也就有了五千言的《道德经》。也许连函谷关也没想到的是，在经历那万千厮杀争夺之后，被封堵在深井里的血液如岩浆般依旧汩汩流动，帮它加持的还是当初这位眉宽耳阔、目如深渊的老人。一块精致的黄河石被供奉在纪念祠屋的一侧，千客万来的手掌在石头上抚摸而留下一层光芒的覆盖，已无人探究石头的年代和书桌的真假，却只为老子完成著述出关后的"莫知其所终"而好奇与叹惋。

叹惋那散落时光里的，与一个人、一座关、一条河有关的秘密。谁能说，任何普通渺小的生命，不会经由这片流经黄河的土地而变得绵长、宝贵和荣耀。万生万物，万情万事，所繁衍的，不都是讲述不尽的黄河故事？

黄河在北，隆起的土塬隔阻了函谷关的视线，静寂中流声传来。古关与长河，都把各自烙刻在对方的骨骼之上。这条大河，微微发出声响，都是振聋发聩的轰鸣。我所抵达函谷关的短暂时光，能亲密地感应到从四方八面汇流而至的那些流声。流声里，有风貌之变，也有愿景之欢，桩桩美好落色为图——筑坝建库后的水波清粼，生态改良之后的天鹅栖息，挣脱贫困后的喜乐安宁……中原大地上的万千气象、幕幕大戏皆可沿着这条大河遇见。河流之上的备忘与注脚，被时光拍打的浪花卷起，众生命运虽有千差万别，然而黄河故事依旧到处流传。

山海褶皱

　　海南岛的山是海的皱褶。

　　深秋的海南，我走在琼中的山道上。去海南的人多为看海，而我此行却是转山。前往琼中和五指山，是"海南热带雨林和黎族传统聚落"世界双遗项目的重要申报地。顾名思义，前者是海南中部地区，穹隆山地状，夏长无酷暑，冬短无严寒；后者形似五指，峰峦起伏绵延，主峰峥嵘壁立，是海南第一高山。我爬上山顶，海的方向，是湛蓝色的；海的消息，是风声传递的；海的皱褶，是山峰的叠嶂、丛林的漫卷和万物的自然生长。

　　山野盎然，绿色空气，温润回甘。弯路曲绕，兜转上下，沿途依山就势的民居和村落，在山影和秋色中生长着一种寂静之美。大海中突然一个小小的隆起，有了这片被水围拢、植被盛大的山地。山养水，水也养山，岛上的三条河流——南渡江、万泉河、昌化江，就从三足鼎立的五指山、黎母山、踏器岭弯弯潺潺地奔流赴海。人在山水间，琼中山区居住的多是黎族人，黑皮肤，大眼睛，男子身形偏瘦，女人则多长着饱满的额脸，他们是海南岛最早的居民，是自然生态的保护者，也是蜷伏在皱褶深处且发出星辰亮光的人。那些亮光的背后，是具有热带岛屿特征而又独一无二的海南黎族传统生态智慧、生态文化的传承、挖掘和呈现。

我在海南当"伴郎"

迎亲的队伍走在村子的大道上。

领头的是位中年男子，挑着两只硕大的猪蹄。后面跟着的十几位女人，肩上挑的东西有坛子酒、衣物箱，都兴高采烈的样子。最后面跟着的是两大捆黄澄澄的山兰稻。这样的稻子已经很少见了，据说哪怕存放很长的时间，穗上的谷粒也不会轻易散落。

刚过霜降，我们"闯"进琼中的什运乡，遇到了在光一村举行的一场黎族婚礼。入乡随俗，同行的著名诗人欧阳江河开心地喊道："当新郎的伴郎去吧!"一声呼，众人应，我们也就变成了迎亲队伍中的一员。

迎亲的男女穿的都是黎族传统服饰，充满着喜庆感。女性着无领、无纽的对襟上衣，下穿筒裙，束发脑后，头上插着银饰，戴着耳环、项圈和手镯，胸前是月亮形状的银饰。男子结发脑后，上衣无领，对胸开襟，下着吊襜，胸前戴着太阳形的银饰。迎亲的新郎穿的是白色镶红边织有黎锦图案的衣服，嘴角始终挂着微笑。衣装上的共同之处，是那些标识黎族图腾或花草树木的绣花，他们是把那些代表吉祥好运的自然与万物披绣在了自己身上。

有人说黎族是古越人的后裔，这当然是有来历的。三千年前的殷周时代，黎族先民跋山涉水，来到偏远的海南岛，栖息在有水流的半山和高地，锄耕、狩猎、捕鱼、纺织……最早有记载的"黎族"之称，是出自唐后期刘恂的《岭表录异》一书："儋、振夷黎，海畔采（紫贝）以为货。"从史书的记载比较，他们有共同的生活习俗，比如古越人的断发文身、鸡卜、巢居等，在今天黎族传统聚落的现实生活中，刺面、鸡卜、树上的屋子，依然还保存着那些日常生活痕迹。县文化馆的王馆长打着手势，向我们讲述着婚嫁习俗。村里的上门提亲，家长会拎着一只雄鸡，请年长的老人鸡卜。老人会根据双方生辰八字，取一只鸡的腿骨，看两根腿骨能不能无缝地对接起来。十分匹配的话，这门亲事当场就开心地定下来了。反之，则需另选吉日再来一次。

接亲的队伍回村了，在路口遇到了主持仪式的男性长者，他们叫他奥雅。黎语中的"奥雅"是指德高望重的老者。这位奥雅双脚打开，像威武的战士"挡"住迎亲的队伍。众人面前，地上摆着一张鲜绿的芭蕉叶，叶子上放着一枚鸡蛋。奥雅念完幸福吉祥的祈祷词，手轻轻一抬，手中的长弓箭有力地落下时，鸡蛋应声碎裂。他点燃脚下那一团药草，烟雾缭绕。新人跨过代表驱邪避邪的烟雾，寓意着未来的生活中不再会有鬼怪瘴疬缠身。

新郎家热闹起来，小院子的每个角落都流动着欢声笑语。一对新人站在堂屋门口，两位亲家母把守。该饮福酒了。地上摆着一坛酒，坛沿有两根长长的吸管，年长的女人说出新人的名字，祈求先祖赐新人成家立业生儿育女。她俩说一句，就吸一口酒，然后互相夹菜送到对方的嘴里，以示相敬如宾，眼睛笑得眯成了弯月牙。

听不懂黎语，但能感受到歌声旋律中的愉悦美好。婚礼上的请酒对歌拉开序幕了，众人在长桌两旁坐下，长桌宴上摆放着鱼、鸡、菜蔬和当地树仔菜，酒是自家酿的烧酒，火辣辣的，吐出烈焰般的浓情蜜意。接亲的黎族女人们开始唱起来。每个人都是歌手，每个人都是中国最美声音。唱到高潮处，不是一个人，而是一群人，是这座村庄在歌唱，也是山峰山谷在歌唱。他们可以唱三天三夜，轮流唱，唱累的喝酒，不想喝酒的开始唱歌，唱完歌的人接着喝酒，喝过酒的人站起来继续唱歌。我们这群外来的"伴郎"跟着哼唱，唱不了歌的人就被劝着喝酒。

曾经当过老师的王进明，就是这场婚礼的奥雅。他的另外一个身份，是省级"非遗"的传承人。矮个子的他，声音尖柔，从村里的大舞台到婚礼现场，他唱了好几首。黎族男女之间的爱情，火烈的爱情，就在歌声里尽情流淌。长桌宴上，唱歌的接力棒到了女人们身上，对歌比赛就在长桌上开始了。

迎亲曲，出嫁歌，结婚歌，洞房曲……他们唱了一首又一首，唱了一遍又一遍。我相信了他们会唱三天三夜的能力。

我有些恍惚，第一次到琼中山区遇见并参与的这场"婚礼"，会在我的记忆中"久久不见久久见"。王馆长告诉我这不是一场真的婚礼，这是海南省非物质文化遗产项目中的黎族婚礼仪式。沿用至今的婚礼仪式，是一个民族文化和生活风俗中所有心愿的浓缩。但每个人的表情在告诉我，这不是一场演出。他们笑脸中的真诚、开朗、自信、美丽，都是生活幸福的经历者，都是向新人送出世界上最美好祝福的人。

婚礼不结束，歌声不断。歌声不停下，婚礼的喜庆在延续。我们要离开了，出门的时候，热情的黎族妇女拦在门口，每一位要喝一杯出门酒，吃一块夹送过来的鸡肉。我们欣然地饮下黎族村民的热情和友好。

走出那座欢乐的小院，婚礼上的"演出者"争相送别。村子中央那棵三百年历史的大榕树，叶茂枝繁，迢迢招手。回过头看，那一对扮演夫妻的村民，依然牵着手，站在家门口微笑相送"伴郎们"。问询后证实，他们是一对真夫妻。我们都开心地笑起来，原先在每个人心中的疑问解开了——婚礼从开始到结束，他们的手十指相扣，一直就没有分开过。

被雨淋湿的歌声

一场雨迎接我们的到来。

暮色四合，车在弯弯的山路上缓慢地驰行。天空开始飘雨，雨落在山野和道路两旁认不出面貌的植物身上，听不到声音。雨在窗玻璃上拼成奇怪的字符，如果记录在册，那将成为上天创造的黎族文字。

湖南今年的天气异常，已经连续三个多月没有下雨，洞庭湖水位持续下降到了百年历史的最低位。从湖南到来的我，一下车，雨在夜里发出银色的光、扑簌的声音，我顿时生出一种"久旱逢甘霖"的莫大欣喜，想要把听到的雨声、落在身上的雨水都带回去。

抵达什寒村后，雨越来越大，雨声也响亮起来了。雨声提醒了我，这里的人读"什"，发出来的是黎语的谐音"扎"。"什"是田地之意，什寒这个琼中热带雨林地区最具代表性的村寨，海拔八百多米，过去人们说的"寒凉贫瘠之地"，却变成了炎夏季节海南境内气温最低的避暑胜地。

有另外的声音藏在雨声里。我隐约听到悠远的歌声。在光一村遇见的那位"非遗"传承人王进明，也跟着上山了。他可是黎族民歌国家级代表性传承人王妚大的弟子，琼中著名的民间歌手，多年来收集、创编了许多传承黎族文化的歌舞，如《簸箕舞》《跳锣舞》《拾螺歌》《摇篮曲》，据说每年都唱响了琼中"三月三"的欢乐舞台。

长廊的屋顶铺盖着厚厚的浅黄色棕叶,雨从长长的棕叶尖落下来,像珍珠在流动。长桌宴喝的当地酿的紫色米酒,酒过三巡,摇身一变,从婚礼中的奥雅回到现实中的王进明又有些羞涩地唱起来。他唱了一首没法译成汉语的歌,又唱了一首男女热恋的情歌。歌调古朴粗犷,又情深热切,声音从他的身体奔向雨中,那些雨滴都没有了声音。歌声是雨夜唯一的声音。

黎族的男女老少,个个都会唱,喜庆的日子到来时,日常的生产劳动中,唱歌既是开心的娱乐,也是劳作的鼓舞。王进明说起九十五岁离世的老师王妚大,说起脍炙人口的《叫侬唱歌侬就唱》《有歌不唱留做乜》,眼神里闪动的是崇拜和敬仰。这位黎族歌后目不识丁,能在不同场合根据不同对象编创新的歌词,编词作曲音乐性强,一千余首歌曲随编随唱,无人能出其右。

民歌都自有唱腔曲调,编著整理了黎族民歌《槟榔花飘香》一书的黄世训,目光炯炯,一点也看不出年过七旬的样子,他把话匣子打开,先哼了几句"罗哩调",又哼了一首"水满调"。传统黎语唱的歌句，没有一定的结构格式，五字句、七字句，也有多字句，一气唱完，不分段节，韵律独特且不一定规则。而汉化的黎歌是用海南方言唱的歌曲，多为七言四句。

没有文字，民歌就是黎族重要的心灵交流方式。他们的情感不是说出来，而是唱出来的。隔着高山低谷唱，隔着茂密丛林唱，隔着遥远的时间唱，唱出波浪起伏，也唱出爱恨情仇。对没有文字的黎族人民而言，这并不妨碍他们的语言表达。传达思想、情感，传递经验、技艺的民歌，便是语言和艺术的精彩结合。

"你看山上藤咬藤，藤咬藤来根连根，哥爱妹如藤咬藤，妹爱哥如根连根"，黄世训用海南方言随口唱上几句，我们就咬文嚼字起来，到底是"咬"准确，还是"绕"合适。细细思量，这些歌曲中的比喻、拟人、类比，表达人类共同的情感，有一种"器以载道、物以传情"的美妙，唱出的是黎族人生命中的敏睿与智慧、旷达与深情。

半夜醒来，雨打屋顶檐角，也打在阔大的芭蕉叶、高耸的槟榔树上。我的心却格外沉静，似乎也变成了山里的一株植物，经受风霜雨雪而依旧自我生长。什寒村植物众多，那棵有千年历史的荔枝树，两年开花，三年结果。它是时间里的抵抗者和坚持者。当地林业工作者考证，有二十六种植物缠绕在树上，如野生石斛、桫椤、芭蕉等，被什寒村民视作村中神树。每一棵树每一株草，也许都是一首独特的民歌，在天地之间用不同的生命形式传唱衍续的生命。

雨水淋湿什寒村的每一寸田地，也淋湿那些灵魂歌者的歌声。

天上广寒，地上什寒。有着独特山居环境的什寒村，在这个雨夜绵绵不绝的歌声中披上了一层山中秘境的面纱。著名诗人欧阳江河说："说不定哪一天我就寻到这里定居下来，从此过上神仙般的日子。"这是诗人的豪放憧憬。

"奔格内！"我脱口而出一句新学的黎语，它翻译后的意思是"来这里"。

来这里，"这里"是海南的什寒，是歌声缠绕的地方，也是心灵可以栖息的地方。

黎母山的慢时光

起雾了，从黎母庙前远远望去，五指山影影绰绰。山峦叠嶂与逶迤延展，都被云遮雾罩了。

上黎母山途中，当地朋友说起为纪念黎族祖先黎母而建的这座庙，我在脑海中勾画着庙宇的阔大高耸、庄严肃穆。沿途经过一片山坡，抬头可见一块巨石立在山上，巨石前面栽植有五棵香枫，像朝拜者供奉的五炷香火。石头形似仙妇，于是有人命名为黎母石像，也不知谁给她挂上了红色绶带。石头有了名字，就有了生命，也就有了温润的光芒。

据说20世纪90年代初一位陈姓商人得梦后，辗转多日才寻到这尊闭目颔首、神态安然的石像，又集资建成了黎母庙。功德之事，皆是善心善行。当我真正走到庙门前，看到的却是低调、朴素、简洁，心底瞬间多了许多对黎母山的敬重。香火缭绕，殿内陈设简单，三五游客在一尊彩瓷黎母神像前敬拜，许下心愿。一个人完成心中之愿，也是打开芸芸众生的一种成长。

引路者是山上的护林员，说到每年农历三月三至三月十五前后，远近四方的黎族人及善男信女们，都会不辞辛劳爬山到此，祈祷祭拜。出海、农事、婚嫁，平安顺遂，在这里汇聚成了一场罕见的深山盛会。一座小庙宇，因为一种信仰、敬畏、期盼而成为当地特别的人文景观。

天高地阔，近处的林木，远处的山峦，常绿四季，重叠起伏，沧海桑田。耸立和匍匐，缠绕和平行，依存与绞杀，黎母山成了生命的叙说者。变幻的阳光，从云层透出珍珠色的明亮，细细观察，树木也在悄悄挪动着地上的斑影。时间在光亮和斑影里变得轻盈，庞大的轻盈在上升中汇合，似乎烟火人间的一切就此慢了下来。

山野的参差起伏是被深深浅浅的绿色涂画出来的。最高海拔一千四百多米，森林覆盖率百分之九十，两千余种植物，对一座山而言，是一种浩瀚与深远。它们为全球生物多样性保护与环境治理提供了"海南样板"。山里生山里长的护林员对具体的树种、药材如数家珍，随口道出鸡毛松、海南粗榧、坡垒、青冈、油楠、红桐、苦梓这些奇怪的树名。我早有耳闻又名"海梅"的坡垒树，是热带雨林中的特类木材，国家一级保护植物，生长非常缓慢，它在时间里变得异常坚硬，坚硬的树种都拒绝腐烂和虫蛀，也就有了更恒久的生命。还有常绿大乔木母生树，成材被砍伐后，幼苗就会迅速从树桩根部长出来，越砍越长，越长越快。这里的每一种树都充满性灵，用作木材、香料、药材、观赏以及食用，它们的故事与传奇是与漫长的时光一起被讲述的。

护林员说起早些年林区管理条件不成熟，黎族信众到黎母庙来，都会在四周"砍山栏"。砍山栏是黎族人特有的传统，从刀耕火种中走过来的民族，每到一处，他们都要将树木、杂草砍伐晒干后用火焚烧，以灰为肥，雨后播种下生活所需。

"人群散后，焚烧后的灰烬，会引来一群坡鹿。"护林员的讲述让我有了兴趣，连忙询问现在山上坡鹿的故事。他话锋一转，遗憾地说，后来不准烧山砍伐，封山育林，退耕还林，那些爱在灰烬之地活动的坡鹿，几乎看不到了。

他这一说，我心里空落落的。我曾多次在洞庭湖湿地走访，追踪过野生麋鹿，也近距离观察过人工饲养的麋鹿。鹿是很精灵的动物，圆圆的大眼睛，满是对世界的好奇与信赖。护林员掏出手机，把不久前在山脚公路边被人拾到的一头小坡鹿的照片给我看。

小坡鹿被人抱在怀中，有五六岁孩子般的身高体型，毛被黄棕，背中线黑褐色，背脊两侧有白色斑点，腹部和四肢内侧是灰白色，天真的样子惹人怜爱。这是一种海南岛上特有的动物，喜欢成群结队，食水边、沼泽生长的青草和嫩枝叶。护林员说："它们吃竹节草、鸡占，也吃番茨叶、嫩稻苗，特别喜欢舔食盐碱土和灰烬地，目的是补充身体需要的矿物质和盐分。"

生境变化，日渐稀少的坡鹿被列入了国家一级保护动物和世界濒危物种，艰难地野生。幸好有了近年来的人工繁殖和专属保护地，坡鹿数量走在回升的道路上。护林员还在与人分享照片中坡鹿的可爱，重复过往的惊险见闻，风吹林动，我仿佛看到眼前的丛林中有一头坡鹿在探头探脑，打量远道而来的过客。它有着锐利的视听，奔跑迅速，善于遁藏，于疾驰狂奔之中，遇到乔木、灌丛或河沟，一跃而过，给人留下了会"飞"的传说。

突然就记住了这么一个时刻，宁静、缓慢而幽远。在黎母山的慢时光中怀想一头坡鹿，有着没见面的遗憾，也有新结识的喜悦，像一个忧郁的孩子忘记了所有的心事。

五指山的锦

她坐在地上，双腿和腰背绷直，面带微笑。人坐成了一把直角形三角尺。

传统的织机平铺腿部，横木棍和卷木棍一前一后，红青白黄黑，五色丝线拉直，她手指动作迅速，一根根经线，一根根纬线，一把摩挲得发光的木条自由穿梭，在时间的流淌中，织着天上的云霞，也织着世间的繁花。

我在五指山下的初保村遇见她。这是一座保存古貌的黎族村寨，也是列入省级"非遗"的黎族杆栏建筑生态自然村。十余座茅草屋依山就势，上下交错，外形像海上漂泊的船。越人"水行而山处，以船为车，以楫为马，往若飘风"。船型屋也因此得名，也为历史的想象提供了一种物证。

二十多年前，她嫁到这里，生活在其中的一座屋子里。那是她阿公在更早之前盖的房子。盖屋的原材料有格木、竹子、红白藤、茅草。地上立六根柱子，柱子上端砍成树杈状，竹木搭骨架，以此支起屋梁。阿公亲手铺叠的茅草，拱起船篷形的屋盖，一家人的生活起居就在这条"船"上。屋顶留一处可以开关的大窗，光从这里照进现实、照亮生活，屋里的人也从这里仰望星空、遨游天宇。

日子随四季而变，几年前，新村搬到了山上，她住进统一盖建的砖瓦新屋。也有不变的日常，没有农事的时候，她仍然席地而坐，一丝一线地织着黎锦。五指山的崇山峻岭之间，分布着广阔的热带雨林，生长着野生麻、培植麻、棉花等纤维类植物。黎族的男人就是从这些柔韧的纤维材料和麻类植物中，为女人提取出纺织的主要原料。

棉花纺纱，丝线织锦，五指山的草木，在斑斓锦色中完成一组组基因编码。

手中的那块织锦耗时两个月了，已然有了云霞的色彩。黑色的底布上，精美艳丽的纹图是一点点铺展的。错纱、配色、综线、挈花，这些繁复的技法，写实、夸张、变形，那些流变的图案，最后都变成了一床被褥、一条漂亮的筒裙、一件嫁娶的织物。一块黎锦，是时间的流逝，也是时间的合成。如夜晚般无边无际的黑布，在她灵巧的手作之下，如点燃夜空中爆裂的焰火。所有的焰火，都带着华丽的光芒。

经纬日夜。她编织的一经一纬，就是一日一夜的生活。漫长的时间之下，一毫一厘，一寸一尺，世上所有细小的劳作，都是走向伟大的一步。黎锦光辉艳若云。山区野生植物中诞生的鲜艳染料，赋予棉线、麻线、丝线灿若烟霞的色彩生命。《峒溪纤志》载："黎人取中国彩帛，拆取色丝和吉贝，织之成锦。"不得不说，五色丝线给了黎锦生命，黎锦里有自然的爱意、神明的美意、时间的诗意，也有世间美好的寓意。姑娘们总是把自己亲手织出的一件最满意的花带、手巾送给心中的情郎"帕曼"，那是忠贞之爱，也是爱之忠贞。

在五指山脚下另一个叫毛纳的村寨，一场热烈的黎锦时装秀在夜幕下走起。十余位村民"模特"，展示着五种方言区的服饰。哈方言款式多样、图案丰富，杞方言镶饰花纹艳丽，润方言双面绣锦布镶嵌，美孚方言的扎染独具特色，赛方言筒裙宽大色彩讲究。男简女繁，不是女人天生爱美，而是美丽的黎锦天然是献给女性的礼物。热情的邀请来到远道而来的客人身旁，旋律婉转，笑脸相迎，灯光闪烁，我也穿上一套精心织绣的黎锦服装，加入到走秀的人群之中。第一次走秀，篝火映照夜空，也照亮衣服上的锦色。在这个并非节日的晚上，在五指山脚下，黎锦五色在每个人的眼睛里燃起焰火。锦色的温度，烫热夜晚的身体。

大力神、鸟兽、花草、作物；人形纹、动物纹、植物纹、几何纹；日月星辰、山川大地、风俗风情……太多丰富的象征，在黎锦中呈现出丰沛与茂盛、日光与流年、万物与生长。毫厘寸尺，致广大而尽精微，没有文字的黎族人，是把文字印刻在花纹生动、灿烂夺目的黎锦之中。

　　一支支火把，美丽的火，照亮我离开的夜晚，也把斑斓锦色的表情镶嵌在了五指山邈远而广深的旷野之上。

幸存者

小　河

　　初秋，天微凉，在利川，走在去小河的乡间公路上。

　　进了山，遇见不平整，颠簸。途中认错路，车又踅回分路口，路面更加颠簸。幸好只是一段距离不长的小路，车上有人小声议论，跑两三个小时，我们就为了看一棵树？无人应答。僻远的鄂西之地，我们都是初来乍到。

　　到了才知道，不是一棵树，而是一片树林。小河也不是河，而是世界珍稀孑遗植物——水杉的故乡，拥有世界上最大的水杉母树群落。

　　母亲的"流血"之地。小河的水杉，也是世

界的水杉。

我在湖区平原上长大，小时候，水杉随处可见，这种喜光的树在我们的方言中通常被唤作水松。乡间原野，河洲滩地，房前屋后，并不稀罕。记忆中，它又高又瘦，春夏青绿，深秋棕红，到了寒冬叶落，枝枯骨瘦，给人格外萧瑟的孤独感。没想到有一天，在利川的青山绿水之间，它以如此古老珍稀的命名和集聚群立的姿态撞到我的眼前来。

小河的这片水杉林有上千株之多。枝繁叶茂，顶天立地，横成行，竖成队，斜成线，像迎接检阅的威武方阵。沿林中石路，走进树荫遮蔽却非常明亮的林中空地，呼吸春茶般的清新，有一种奇特的感觉，肺腑之间最后一缕城市污染空气的替换在这里完成。世界顿时澄静下来。通直向上的树干，铺伸空中的枝条，摇曳对生的细叶，天光穿过缝隙，它们像是点燃的一团团蓬松的绿火。天地之间，被绿色点缀、绞缠、流绕、覆盖。嫩绿、黛绿、葱绿、碧绿、水绿、豆绿、墨绿……那些我能想到的与绿有关的词，都能在这里找到它的所在。

　　和当地林业专家聊天，才发现过去犯过"指鹿为马"的错误，认错了水松、池杉，植物间的外貌相近，又有着天壤之别。它的珍贵在于，有着上亿年生存史的水杉，没有走出第四纪冰川的浩劫，在 1940 年以前被科学界归入了灭绝物种的队列，终结在一块化石中——几片交互对生叶，几根秀长的杉枝。造物之手，对利川手下留情了。过去杉科的六七个树种，它成了唯一的幸存者。我站在林中，四处瞻顾，又像是什么也没望见。眼睛主动帮我屏蔽，屏蔽林间小路，屏蔽走动的人影，屏蔽树身上挂着的吊牌，屏蔽风声落叶人语。剩下的是亲密而陌生的时间，眨眼即逝又无比漫长的时间，帮我们打开世界又困扰自身，赛跑追赶而不停被甩下的时间。我似乎在林中看到了时间的秩序。

　　如同植物学家从化石中去想象它站立的姿态，水杉长得瘦长，或独株，或群聚，它站立的姿势只有一个——笔直挺拔。这些幸存的水杉原生古树，聚集利川境内的山谷、河冲。它们的每一条年轮都是利川抛向天空的云彩。在以小河为中心的方圆六百平方公里的地方，位于北纬三十度的这条狭长区域带，五千六百三十棵有着百年以上历史的水杉古树，替时间守望着生命与万里江山。

又是这条神奇的纬线。有关它的传说太多，它既是地球山脉最高峰珠穆朗玛峰的所在，也是尼罗河、幼发拉底河、长江、密西西比河的入海纬线。还有一些至今百思难解的自然文明之谜，金字塔、狮身人面像、撒哈拉沙漠中的火神火种壁画、死海，以及玛雅文明遗址、百慕大三角洲等，都盘桓着这条纬线诞生。它的神奇里，又多了利川水杉林——地球气候剧变里的幸存者。

时间是最大的不解之谜，也在制造着林林总总的谜。

1948 年 2 月，美国加利福尼亚大学植物学家钱耐教授就站在了这条纬线上，站在这个叫小河的地方，与它们相遇了。他脸上布满着庄严的仪式感，和谜一般的微笑。这位个子高大的美国人，每天一早扎进山间杉林，到晚上才回来。他抚摸过每一棵水杉的身体，粗糙皲裂的皮肤，新发嫩绿的枝叶，呼吸过杉林呼吸的清新。此前，他和世界各国的研究者一样认为，它们都在冰川浩劫中沉睡了，再也不会醒来。但他的眼前，被宣布绝迹的水杉，竟然还如此茂密地生长在这里。从一棵树探寻宇宙的奥秘，是植物学家心中的梦想。利川小河，成了他离梦想最近的地方。

坐在夜晚的篝火前，他津津有味地向人们打听着它"死而复生"的经历。这样的表达还不够准确，是小河的水杉从未死去。从 1941 年冬天无意间被原中央大学森林系干铎教授发现开始，"怪树"的标本就进入到研究者的视野中。原中央林业实验所的王战，中央大学森林系技术员吴中伦，松柏科专家郑万钧，北平静生生物调查所的胡先骕与其助手傅书遐等研究者，反复通过实地考察或标本比照，确认了水杉的"活着"。胡先骕、郑万钧两人于 1948 年 5 月联名发表了论文《水杉新科及生存之水杉新种》，公开声明活水杉的存在，世界植物学界为之轰动。

钱耐教授正是怀着激动莫名的心情远赴中国，踏上了利川之旅。地图上的一个小点，慢慢在他脚下打开。起伏山峦，坡陡路滑，甚至安全受阻，当他站到这片山林谷地的水杉面前，他惊呆了。像哥白尼凝视太阳落下，发现了世界在旋转，他仿佛目睹"亿万年前地球森林的再现"，这些水杉"像它们几百万年前的祖先一样，仍然相聚生长，且一同沿太平洋西岸向南迁移"。结束考察后，他立即通过司徒雷登大使向国民政府的行政院长胡适建议成立水杉保护机构，并把利川是水杉之乡、中国是水杉之国的消息带回西方。

一位当地作家朋友，传我一张翻拍的照片，是钱耐教授当年拍的。被拍摄者是他借住的房子主人吴大凯。一个高大微胖的光头乡绅，穿着藏青色棉袍，身边站着三个从高到矮的小女孩。因为时间久远，照片有些模糊，但孩子脸上的笑容像一道光，光彩熠熠。这道光的身后，是代表小河的三棵粗壮的水杉树。

那些在中国的日夜，钱耐像许多长途跋涉来到利川的研究者一样，看着平缓的山顶、纵深的沟谷，心潮澎湃。他翻看着地理图册，寻找它们的存活之因。他边看边会心一笑——如果不是秦岭大巴山的阻挡，不是佛宝山的屏障，不是这片恒温、湿润的高凹封闭谷地，谁又能把冰川挡在水杉的生死大门之外。陡峭险峻的地势保护了利川的水杉。

我所走进的小河水杉种子园，是 1981 年建立的，二十年后这里又成立了更大保护规模的星斗山国家自然保护区。一百多亩的园子里，以扦插嫁接的无性繁殖方式，向五十多个国家输送了珍稀水杉树种。更早之前，胡先骕就把水杉种子和标本寄到世界各地的植物学家手中。毋庸置疑，利川是世界水杉的来处。

我在杉林入口看到一块公示牌，上面不清楚地标示着：

> 4 号无性系　接穗来自于 4 号优树，优树生长在向阳村新房院子，该优树为 2560 号水杉原生母树；
>
> ……
>
> 无根系 895　接穗来自于对照树，此树生长在桂花村桂花小学操场中，该树

为 1664 号水杉原生母树。

密密的说明，像是让我们看到每一棵水杉所走道路的源头在哪里。寻其源头，方可理解它从哪里而来，重建我们对时间秘密与秩序的认知。又像是在证明一个自然选择的悖论：北半球曾经众多同类的死亡，只是为了生命的更加完善。

每一棵树的生长，就是时间的流动。树唯有植根脚下的大地，才能超越时间，又扩大时间。因为眼前的杉林，绿色的覆盖、生命的衍续、时光的延宕，在利川这片土地上，扩大到了无限辽阔的地步。

我们在林中的步履很轻，仿佛是在倾听着什么。当我们倾听时间流逝时，我们到底在倾听什么呢？当地一位水杉林专家说，若是初冬来，才是水杉林最美丽的时候。红到沉醉的杉叶在风中摇摆，层林尽染，红遍之时，大地上像铺着一张金色的地毯。未遇美景佳期，这给了我再来小河的理由。

小河到处流传，流传的是利川故事，也是生

命奇迹的创造。

谋　　道

　　一切都源于一次远行。

　　20 世纪 80 年代末，一个穿和服的女人出现在鄂西，她从来没想过会来到这个叫谋道的陌生之地，没想到它还有个磨刀溪的别称。她环顾四周，没看到溪水流潺，眼前只有一棵参天古树。利川有很多古水杉，这是世界上最老的那棵。

　　走到树下，她整理服饰，虔诚跪膝，叩头祭拜。燃烧的供香，烟雾袅袅升起。这棵存活了六百六十多岁的水杉王，在当地人心中，是水杉王，是棵神树，护佑着这片深山老林和身下的方寸土地。

　　她是替自己亡故的丈夫前来了结一个遗憾的。1941 年，她的丈夫——日本植物学家、京都大学讲师三木茂博士，建立了水杉化石植物属名 Metasequoia。这个属名的确立，告诉全世界，水杉已经消亡了。她经常听丈夫遗憾地说起这个名字。面对幸存的它，像是时间里藏着无数秘密中的一个，她热泪盈眶。

我在谋道试图访问这个秘密。

农民作家覃太祥给我讲述她的故事时，我正站在水杉王的面前。我也震惊了，也要激动落泪了。这棵被命名为国家 0001 号水杉模本标本树的水杉，国家一级保护树种，是我迄今为止看到的最粗壮最古老的水杉。挺拔，端正，招展，雄姿勃发。树高三十五米，胸径二点四八米，冠幅四百四十平方米，它是世界上树龄最大、胸径最粗的水杉母树。它是世界各地水杉的祖先，是我儿时看到的那些水杉的祖先。"死而复生"的它，植物的"活化石"，成了利川谋道的路标。在被辗转确认的时间里，有关它的消息一点一滴传遍了世界，它像沉在海面下的巨鲸，在时光里独自歌唱。20 世纪植物学上的最大发现属于幸存的它。

绕树一周，每一步都是漫长时光里的重蹈。仰天望树，直冲云霄，对生枝像是通天塔的阶梯。地上有或青色或熟褐的球果，四棱形，细长柄，随手捡拾，像是把过往的时间握在了手中。公园管理者笑着说，它还结出了另一种果实，那些纷至沓来的植物学研究者，有七十六位因为研究它而获得博士学位，围绕它产生的论文著述多达七百余篇（部）。

在与树为邻的当地土家族人眼中，他们顶礼膜拜的神树，目睹了这片土地的兴衰变迁。祖辈们经常到树荫下聚会交谈，这棵树是村里的会客厅。它像一团光源，把远处的山岭、岩石、水流、屋舍和别的树木照亮。有人在根下埋了一尊菩萨石像，给它的根部缠绕上红丝带，寄寓平安，祈愿求福。人们面对这棵终年披红挂彩的树，求着考学的顺利、出门的平安、未来的子嗣、疾病的康复……生老病死的一切心愿都被藏进它的时光深处。我和朋友谈起自然环境和时间运动中的避难而生，无从经历见证的我们，只有用"不可思议"四字吞吐出日常生活中的惊心动魄。

当晚，我在利川清江旁的一家酒店，在睡梦中又一次遇见它。风霜雨雪，时光磨砺，从未改变过站立的姿态。我还看到一个熟悉的身影，如同那些来来去去的慕名者，跪拜在树底下。从湘北平原到鄂西山区，这么远的路途，他也来看这棵神树了！

　　我梦见的是父亲的老战友国生叔，他是个有故事的木匠，他与水杉的交往几乎贯穿他的一生。20世纪70年代末退伍回家，这位在工程部队木工排服役的战士拾起了木匠这门手艺。入伍前，十几岁他就跟着村里的老木匠当学徒，乡邻的婚丧喜庆，从出生的小摇床，日常生活起居的桌椅板凳、门槛床柜到一眠永逸的棺材，都经过他的手漂亮发光地打制出来。他们把各种木材拉到他家，堆在禾坪角落里。他用毛笔蘸墨，在上面标记好数字，然后变成一件件散发木香的家具。他带了几个徒弟，生意明显应接不暇。后来，他开了一个小型的锯木厂，承接板材加工，锯得最多的是水杉。水杉材质轻软，是家具中常用的辅材，木柜的挡板、堂屋的檩子、被垫下的床板。他家后院一度热闹无比，银色的木屑花在喧吵的机器声中四处蹦跳。

　　有一年，他来市里找我，别人给他出主意，让在报社工作的我宣传报道，目的是帮他植树。我起初以为是听错了，一个砍树做了几十年木匠的人，居然要植树了。他拉着我磕巴地解释，几年前妻子突然患了乳腺肿瘤，后来发展为癌症。他陪着妻子四处求医治疗，也四处求神拜佛，治病花光了所有的积蓄。当地算命的仙姑直言相告，他曾经伤害过一个神灵。他的脑海中盘旋着过往，到底得罪了何方神灵，终于想到年轻时砍过村里一棵据说上百岁的老树。就从那天起，他向外界宣布再也不做任何木工活了，而是要开始栽树了。他要赎罪了。他先是在庭前院后，村里的大道小路，有空白的地方，就自掏腰包买来树苗栽下去。他栽得最多的是水杉，这种速生用材是最好的造林绿化树种。现在他要把离家十几公里的一座荒山植绿，但他没有钱了，希望有人来帮助他。我把他介绍给了林业部门的朋友，朋友把我带上，到村里看了。真是了不起，国生叔村里的树比别的村要多两三倍。妻子病逝后，他一个人守着空荡荡的家，决定实施荒山造林计划。他变得更加沉默了，每天扛着锄头、挑着水桶去山上，挖坑、栽树、填土。朋友帮他筹来的水杉苗，一棵棵站在了山冈上。他看着走过的沟渠和村庄，身旁的山冈和林丛，有人经常听到他在说话，和一棵棵水杉树说话，一问一答。那座荒山几年后就绿起来了。到了初冬，杉林红遍，人们远眺的视野中又多了一座红色的山。

我偶尔想到和树说话的国生叔，知道他的余生已不再孤寂了。

离开老水杉树的时候，我看到一群不知名的鸟，在枝梢之间跳来跃去，如芭蕾舞者的双脚，立身，旋转。杉叶也加入到舞者的序列，风托起它的裙摆，身体上升，肢体轻盈舒展，在片片绿光中打开翅翼。

利川来去，心情起了波澜。藏于深山的利川，需要穿过很多个长长的隧道。像是时间隧道，在短暂的白日与漫长的黑夜之间交替奔跑。水杉树上的光，散发出的光，从车窗外追逐着照进来，是那永恒时空中的生命之光、自然之光。这光，是透彻、欢欣与明亮，是希望、坚毅与向上，照亮黑暗中的所在，照暖生命所历经的每一处寒凉，也照耀着大地上诗意栖居的人们。

于此辽阔之地

上山前,一个地理纬度萦绕脑际。北纬四十一度,世界冰雪黄金纬度带,也是长白山纬度所在。

终年积雪,望之洁白,长白山因此得名。第一次抵达,我的眼睛踏入一片陌生之地,但又不完全是陌生的。曾经对北方的想象,地理学知识上的见闻,众口相传的风土风物,早已让我对这里的山川、冰雪、物候心驰神往。

上山去往的是天池,中途换乘,喀斯特上的人们分别散入越野四驱,伴随着低沉的轰鸣声出发。山路平坦向上,积雪堆拢两侧,看惯了漫山遍野的葳蕤绿意,长白山的空旷起伏,冰天雪地的粗粝,白茫茫一片辽阔,一下就镇住了来自南方的我。

每一座山，都是地壳经历生命疼痛后的伤痕所在。长白山亦不例外。多少年前火山爆发，由火山锥体内积水而成的著名火口湖天池，海拔一千八百米，高度并无可炫耀，但因为气温低，泼水成冰，因为水质好，清明透亮，这个高度就有了独特性。朋友反复提醒，山顶风大，寒冷难御，军大衣、厚羽绒服、暖宝贴、遮风帽、墨镜、手套、防滑鞋，言谈间已经让人提前在想象中经历一场极地生存挑战。车窗不敢轻易打开，呼啸风响，声声紧急。没有体验就没有发言权，终于可以下车，下意识裹紧身体，但寒意瞬间就占领了身上没有遮蔽严实的地方。

离天池不远处，有一间观守气象的木房子，木门锁闭，沉默无言，站成了山顶的一处风景。木头是大圆木，一根根垒起，巨大的铆钉锁定。宽阔的横断面上，裂纹模糊了年轮，但一定是山林里长寿的土著。转山那日，长白山礼遇来访者，以最好的天光款待我们。凡大山都是收藏家，藏风霜雨雪，藏日月星辰，藏鸟虫林草，也藏遥遥邈远，而我对长白山的所知，过去的全然模糊，是眼前即景帮我建立起一个辽阔之地的切身印象。

冰　雪

　　站在天池的风口，呵气成霜，寒沁入骨，得赶紧避开，仿佛一阵风，人就会冻成山顶的又一块石头。天南海北的年轻人围站天池，众声喧哗，却也闹不醒已冰冻的水面。清澈明亮的水不见了，变成了一块硕大无比的白玉，如此安静，又似变作天空的一面镜子，世俗之物无法投影。

　　天池是北国之江的源头，松花江、图们江、鸭绿江的水，都是沿着长白山的万千沟壑，沿着千年河道绵延去往的。往更远处眺望，黄海、日本海、北冰洋，都有长白山的水元素。水带走了山的气味、声息和心跳，山的辽阔也因此扩展。

　　雪在半月前停了。在漫长的长白山冬季，山景就是雪景。我探出身体，长久凝视天池的冰面之下，深厚沉郁的冰面之下，有一种坚实的黑。当地朋友说，夏季到来，融化后的雪水，掬在手心是白的，挤满河道顺流而下，看上去色泽却有黑的错觉。黑土黑，山脊黑，黑是黑土粮仓，也是黑土生金，未被白雪覆盖遮蔽之处，都有深深浅浅的黑色。黑是碎黑，白是碎白。晴空万里，黑色的山岭是沉潜的、低埋的、隐忍的，白雪是发光的、透亮的、张扬的。黑白互生，黑与白成了长白山的双元色。

我摇转身体，上山者都在摇转身体，不断拍下山的影像。黑白相间的山体在镜头里有了连绵起伏，有了重岩叠嶂，也有了壁立千仞。如同一位丹青妙手，用小斧劈皴、披麻皴、雨点皴等皴染笔法，在天地间的巨幅白宣纸上勾画着世间万物。

冰雪是长白山的面孔。对长白山的向往也是对冰雪的向往。在龙门峰峡谷，我从雪地捧起一掌窝雪，散向空中，轻盈的雪花漫天降落。这种含水率极低的粉雪，结实饱满，让雪量大、雪期长的长白山成为滑雪者的最爱。在万达滑雪小镇，我看到一个九岁小女孩从高坡度的山顶往下滑，那份与年龄差异甚大的从容、淡定，尽显征服者的气度。在二合雪乡的孙家大院夜宿，山野静寂，黑土休眠，偶有雪团从枝间落地，偶有起夜者踩雪而行，声音细密而幽远。待晨起登高，才看清大雪覆盖的村庄，雪雾弥漫，家家户户已有袅袅炊烟。树枝是黑的，屋顶是白的；道路是黑的，原野是白的；木柴垛面是黑的，木柴垛顶是白的；屋檐是黑的，檐下冰柱是白的；山脊是黑的，山顶是白的。眼中所见万千，多么像黑白版画，黑是底色，也是外来的侵入者，白是艺术的创造，也是天地间的原生，杂乱之中各自恪守着天然的秩序。

冰雪是大地上凝视的目光。冰雪不冷，长白山不冷，我倒愿意呼吸室外冷的空气，使人精神焕发的空气。冷是有颜色的。我在长白山看到的冷是白色，又不是一种白，是千万种。冰雪覆盖之处，生长从未停止，长出了银白、乳白、烟白、灰白、玉白、草白、米白、莹白，也长出了薄荷白、象牙白、月光白、羊毛白、粉红白、鱼肚白、浅紫白、牡蛎白、珍珠白……长白山的白，有着千语万言、千姿百态，也有着复杂的神情、粗犷的动作和微妙的心理。像攀登者，我在雪地上踩出参差不齐的脚印，脚印延展着山的边际和高度。我好几次走进丛林雪地，看到白色光影恍惚，想象着漫长严冬过后的夏季到来，万物复苏，枫桦、胡桃楸、黄波椤、水曲柳、毛榛子、山梅花、刺五加，绿意蓬勃，草木言笑，也有野兔、马鹿和山酢浆草、舞鹤草……它们都是长白山的色彩。

因为冰雪之白，长白山的呼吸有了既遥远又迫近的回响。大雪有多辽阔，白色有多辽阔，长白山就有多辽阔。

流　水

流水是另一种白。在皑皑白雪的映照之下，一条五米宽的河流穿过一片巨大的原始红松母树林，如同白练飘然而至。

水是从狩猎场境内的碧泉湖溢流而出的。人工筑修的碧泉湖以水色碧绿得名，湖心有一亭阁，四面林丛白雪点缀，湖面雾气缭绕，一群墨绿的野鸭子悄无声息地游来游去。若高处俯瞰，大有张岱笔下"雾凇沆砀，天与云、与山、与水，上下一白"的清幽之趣。碧泉湖因"两恒"而闻名：一是恒量，四季水盈不亏；二是恒温，常年为六到八摄氏度。又因水质清纯，碧泉湖水成为有点甜的农夫山泉水源地。

湖东有溢水口，十余米长、两米多高的落差，造出一道哗然有声的瀑布。流水自西往东，沿着青石河床，漫游出有十数公里的露水河。积露成河，好独特的名字。水长年不断流，就有了远近知名的露水河漂流。第一次冬季漂流，又是在东北的冰天雪地之上，原本是未曾想象过的奇妙体验。

双人艇左摇右晃，顺着河水一路向前，水清见底，石头或铁青或墨黑。远处水上热气沸腾，岸上枝杈和岸边裸石，雪衣覆盖，林间的雾凇树挂，透亮晶莹，似乎多年前就在此等待远方来客。

河岸枝头的雾凇，有水晶之美，有雕塑感，好看得很。水流的恒温与零下几十度的严寒相遇，在这林地之中提供了雾凇出现的天然佳地。满树银挂，静止不动，却仿佛有铃声传来。有时不忍淘气之心，又恨手中的木桨太短，伸向半空却仍有距离。冰枝冰叶，垂挂枝梢，纹丝不动。风是雾凇的天敌，没有风，雾凇的生命是安静的。

水流经不同地段，有了缓急，有了动静，就有了惬意。已无须木桨，任凭小艇顺流而下。急水处有旋涡，小艇转动，撞向岸边岩石上深深浅浅、晶莹剔透的浮冰，心中的怯意和愧对，不时从嘴里惊呼出来。仿佛是为了回应，树枝上的雪花飘洒，半空飞扬旋转，但等不到看它落地，水流把我们推向了前方。水在此时成了奔赴者身后的命运之手。

露水河必将是流向远方的。漂流还在继续，水流的潺潺声、哗哗声，还有低沉的哼唱，让人感觉到了声响之外的安宁。这是奔赴至此的我们的内心期待。从喧闹的城市来到大自然偏爱的长白山腹地，得浮生半日闲的快意，已令人不知何处是归程了。对水的走读，就是一种精神的巡游。

所有从长白山出发的水，长着并不相同的模样，地上地下，结了一张水系之网。那是一张让人眼花缭乱也心花怒放的水域图，松花江、辽河、鸭绿江、图们江、绥芬河……吉林省内流域面积二十平方公里以上的大小河流有一千六百四十八条，水把它们的名字刻在辽阔之地，也是刻在流转的时间之中。我从满语之意为"果实"的舒兰市经过，这片属于长白山生态资源保护的核心区，就有大小河流六十五条，霍伦、拉林、细鳞、卡岔……一条再细小的河流都会有自己的名字，就像长辈给孩子取名，也是传递一种冀望。水从生金的黑土地上流过，水稻、大豆、小麦，流青溢翠。水是八百亿斤粮食年产量背后的丰收密码。水把这些奇奇怪怪却含义丰富的名字带到四面八方。朋友欢喜地谈论着长白山往西北区域的河湖连通，依托洮儿河、霍林河、嫩江和水利工程所覆盖的盐碱地上，雨洪和过水最大限度地恢复着曾经退化的湖泊湿地，消失的草场浩渺和万鸟翔集又开始了回归。

积露之水，生生不息。水的命运暗藏着人的命运，顺利、波折、跌宕、回旋、平和……大地上的水流，无不将人类的目光与心灵延展至更远的地方。这是流水带给人的启示，也是人与自然和谐共生的生动投影。

岳　桦

　　车内一片憩静，行至半山，突然就看到了那片树林。前往天池的山路盘旋，树林仿佛也和山路在一起盘旋。寒冷、降雪、强风，我很诧异在此等恶劣环境下活着的树。那是要有多大的心劲，才敢傲霜斗雪地活下去啊。

　　我的目光追随着它们，白色带灰青的树干和褐色枝条参差万千，远看有些像弯曲、匍匐的高大灌木雕塑群，或者就是一幅以点皴为笔法的山林画卷。同车的朋友是跑农业口的记者，向我普及这种树：大名岳桦，典型的寒带植物，落叶小乔木，只有在海拔一千米之上的长白山看得到。这种唯一性，让它成为山上植物中的另类。她拿出手机中的一张照片，那是从高空俯拍下的岳桦林，沿着沟谷向高山伸展，在秋季的第一场霜降之后，金黄色的枝叶，在阳光下把山峦装饰得一片金光闪闪。长白山分布着国内面积最大的岳桦林。高海拔的山体边缘，岳桦在四季站成了不同的风景。

我闭上眼睛，却只是想象大雪漫天时刻，这种有意矮化躯体以减少暴风雪侵害的树，隐匿厚厚的积雪之中，只露出坚硬的枝条。黑色的枝条，被风吹响，声音响彻天空和山谷。孤独地站立，如同一群经历万千艰难的朝圣者，镇定沉着，无所畏惧。

我没想到朋友对长白山的植物如此熟悉。长白山两千六百三十九种野生植物，其中有三十六种珍稀濒危物种，加上共计三千余种的动物和药用植物，让长白山的温带原始森林生态系统成为世界最具代表性的区域。保存的完整度和生长的良好性，这是长白山的另一种辽阔吧。

我们是从北坡上山的，朋友说起到过的西坡，岳桦常与鱼鳞松伴生，我中有你，你中有我，于是有了松桦恋的传说。岳桦成林之地，多为长白山火山碎屑堆积的地方，似乎是一种有意的选择，要同山的身心紧密贴近。风雪来临，金色叶子飘落在地，地表的草本植物多已枯萎，唯独林下的牛皮杜鹃叶绿枝挺。岳桦是有魔法的树，连同林下的忍冬类灌木和草本植物、根系发达的杜鹃，让极易流失的水土，紧紧地环抱在自己的脚下，大雨冲刷也分离不了它们的亲密。高山的守望者，也是水土保持的功臣。

生命在冰雪旷野中如何衍续，常识理解中需要的阳光、气候、土壤，似乎都不属于这一片山林。林下长年湿润，透光适量，草本全覆盖，稳固地保持着水土，但减少了岳桦种子与土壤充分接触的机会。这个问题在朋友那里也遇阻了，倒是干过护林员的当地司机告诉我，岳桦是以树桩和自身腐体为场所来完成世代更替的。断枝落地，树干死去，发青发黑的断面，在风雪冰冻中自愈，在腐烂中新生。待到来年春夏，又是新枝颤动，生机勃发。绝处逢生的聪慧，远远超出人有限的想象。

长白山的夏秋季节是眨眼间离开的，漫长的冬季降临，岳桦林里没有了昆虫私喁，飞鸟也已远去，啮齿类小动物得以在此安全度冬，石堆中偶尔传来东北鼠兔发出的鸣响，在风声里变成了呜咽。大自然里时隐时现的声音，突然响亮地冒出来，却让人心生欢愉或忧嗟戚然。下山途中，我去看望了一片岳桦林，低海拔山区的岳桦，树干直立，侧枝繁茂，与高海拔的匍匐散乱有着不同的树形。灰白色的树干上，树皮呈横条状裂，据说它木质坚硬，密度大，能沉入水中。它的平均高度在十米左右，随着海拔增高和风力增大而矮曲。在漫长岁月里，它经历着高山的严寒、风雪，顽强存活于发育不良的土壤和有机质含量少的山地。那种艰难中的开拔，死亡中的涅槃，言说不尽的命运之变，在长白山，生命的坚韧需要我们大声歌唱。

尼采说，世间万物皆相联、相引、相缠……岳桦成林，白雪点点，恰好是对长白山的最好注脚——长厮守，到白头。遇见的每一位当地人都会说，任何季节来长白山，都有令人怦然心动的不同风景。尚未离开的我，又有了何时再次抵达这一纬度的心念。

下篇 我们的相遇以回忆结束

我们的相遇以回忆结束

周游城市的狗熊

这是一头"体积庞大"的狗熊，跟随一个同样庞大而空虚的马戏团在城市与乡镇之间穿梭。我与它的相遇从暮色四合时开始。在城市边缘的一座工厂空留的荒地上，一缕不知何处射来的光轻柔地不经意地淋在狗熊的皮毛上——是一种比黑夜要亮几分的颜色。这种颜色成为一个季节的重要元素，也成为冬天快走尽的时候我慢慢想念狗熊的发酵剂。

事情得从那个冬日懒懒的午后开始，两辆中型货车满载物品在这一时刻抵达城市。起先谁也不知它们是干什么的，每天都有来往不停目的不同的车辆穿过这里。大家听到一阵噼里啪啦的声音，各式各样的铁管和木方被车子甩在空地上。寂寞的空地因为灰尘与脚步的欢舞加入转眼热闹起来。也就是半个下午的时间，在这块没有多少人知道用途的空地上竖起了一个周长约百米的蒙古包帐篷。围绕着帐篷转来转去的——这些被我们称作"马戏团"的他们，又该如何形容他们的头发衣服肤色呢？乱、脏、黑是最真实的形容词。他们从帐篷前后开的两个门洞里穿梭不停，将车上卸下的东西一一清理搬进去。道具、观众的座椅（一块长而窄的木板搁在铁架上）、日常用品等分类摆设停当。

这座城市的冬天，天气变化怪异。干燥，干冷，风吹在脸上、灌进脖颈里像是一把把刀子有力无力地刮着垢物。而初来此地的他们衣装看上去显得单薄，做起事来有些畏首畏尾。他们的年龄差异挺大，有的像是刚辍学的初中生，有的是五六十的老人，但脸上都无一例外地写着"劳累、疲乏"甚至"麻木"这些词。"为了生活"是最简明的解释。

他们那几块长方形画漆剥落画笔粗糙的宣传画板挂好了。他们的铁围栏固定好了。他们的喇叭在试音了……他们在井井有条地做着每件重复过多遍的事情。

这个时刻，他们的主角——给马戏团带来声誉和吸引力的动物们该现身了。于是两个人爬上了另一辆货车，放下了车护栏。猴子抬下去了，马牵下去了，可笨重的狗熊惹恼了这群还饿着肚子的小伙子，他们焦躁地想抬起来又没有抬动。等到一位个头儿矮小的中年男人大胆地打开铁栅门，用绳子牵出狗熊。围观的人哗啦过来了，看这只像企鹅一样摇摇晃晃的狗熊可笑的走动模样。

一场有惊无险的争斗就在众人的喧笑声里拉开序幕。当狗熊跨进帐篷的一瞬间，它嗷嗷直叫地扑向矮小的中年人并从背后掐住了他的颈部。毫无防备的中年人哎呀哎呀地叫唤着，声音像是击在棉花堆上，柔软无力。围观的人群淡然地看着，丝毫觉察不到这是个危险的游戏。他们闻声赶到，团团围住纠缠在一起的熊和人，却又束手无策。一声声不断的"哎呀"提醒了他们，于是有人围过来，像劝架似的从不同角度去扯熊，制止熊的粗暴之举。越来越多的细节因为在帐篷内发生，我们没法清晰地看见，一个世故的老者守住了帐篷的门，阻止好奇的我们入内。

在持续十分钟左右的人熊之斗中，"声音"成了我们对事件进展的唯一猜测依据。熊的痛苦叫声，中年人或者某个"他们"的呼救声，七嘴八舌的声音，交替变化着。熊带刺的掌剐伤了某个人的皮肤？他们的拳打脚踢不分轻重地落在它的身体上？对于这种事情我们可以毫无疑问地推测出结果，人是理所当然的胜利者。在人的森林里，狗熊作为低级的单个动物，迟早被塞进那原本不属于它的铁笼。最终一头愚笨、愤怒的狗熊，在铁笼内咆哮、撞击，它的嘴大张，露出看似尖利也许已经钝化的臼齿，呼吸在冰冷的空气里凝结成一团白雾，又在瞬息之间完全消散。狗熊和它的铁笼被八个"他们"抬走了，等待它的是继续的饥饿还是一顿鞭打无从可知。而这里还要提到的一笔是另外的动物们，乖顺的它们默不作声地在帐篷的另一侧目睹事件的过程，连心跳也没加速，我猜想。

熊成为冬天被怀念的对象。我记住它，比记住马戏团更久远。和它一同浮现的是一张张灰扑扑的脸，一颗颗模糊不清的心。在这座城市里，有许多无法用词汇来描述的事物与遭遇，在知与未知的地点静悄悄地发生与继续着。

羊从周头湖走远

离周头湖最近的是一个萧条的小乡镇。几家更萧条的南货店散落在旧乡镇府大院四面，而人群散居得更辽阔。每天还是有好几趟班车经过这里，去一个叫渣渡的地方。暗淡的店面和路边的人家任扬起的尘土扑满全身，又等待着雨弄出一条泥泞不堪的路。

在周头湖，一只羊出现在我们的视野时，成为许多双眼睛和手指所关注的唯一对象。我们的欢呼是缘自体内的酒精分子如空气中活跃的尘埃曝光于太阳底下。它低低地横悬在夜空中，在这个情绪高涨的夜晚，变得如此沉默。

羊，在火焰之上煎熬着对羊群的思念，烧烤着满腔的愤郁。愤郁在尖刀剖开肚膛的细缝里往外飘散，与火焰一接触，便听见噼里啪啦的声音，似乎是一场势均力敌的对抗。飘荡的忧伤散遍周头湖上空，变成一场薄雾。在雾里，朦朦胧胧地看见远处的山、房子和树，停靠在路边的一辆车，泊着的一只船，都幻化成羊的形状。

去周头湖，不是为了寻找一只离群索居的羊，我们意外相遇。周头湖，准确地描述应当是一个水库，被天然的四周的山围拢来作用于农田灌溉的水库。山与湖与树与周遭的景色搭配在一起，远不是美丽的那种。那条单一的路，是弯曲向上的，呈S形，打着柏油痕迹的小公路仅够两辆车擦身而过。沿路有好几家煤矿，不断地有运煤的车张扬地驶过去，路面坑洼不平。我与那些想象中黑色面孔的人说话。我有心留意煤矿附近出现的人，没能见到我希望见到的黑乎乎的脸，也没见到一只羊。矿工们躲在某间屋子里呼呼大睡或者正在矿井挥舞气力。力气是用不完的。但有一天，年轻的矿工也会隐身而退，退成路边的一棵沾染灰尘的树，或是一间外表黑黢黢的房子的主人。而羊是从黑灰尘里走出来的吗？

这只在周头湖遇见的羊，一定也像我一样经过煤矿区，它是否曾有心思停下沾满黑泥的四蹄，或是迫不及待地走开？它像我一样对矿区印象粗疏肤浅。再迈进一步，它有没有注视过周头湖的人和树，在黑色石头垒成的水库大坝上眺望平静的湖光水色？它的内心应该从未平静过。它大声叫唤，声音是生命里最辉煌的乐章，让打着把伞走在细雨中的农民仓促走开，让皮毛被淋湿成一绺一绺刺猬状的黑狗胆怯地逃窜。

没有谁倾听羊的叙说，它的寻找现在是人们眼中的一个有趣的游戏。它丝毫不反抗地被人俘虏，脱掉外衣。它的身体一动不动地躺在火焰的床上，内心的挣扎与痛苦任人猜度。时间也在嘲笑它，不时有人会拿一根长长带钩的铁棍翻动它的身体，但总是被它挣脱。它执拗地，头朝下，四脚朝天，以一种无畏牺牲的态度去亲近自己的敌人。人群里不断有一双手去推动火焰一把，火焰咻溜地冒高，狠狠地在羊的裸体上亵渎一番。人群里爆发的欢声笑语，被羊在心里唾弃。"人把欢乐建立在弱小的羊的痛苦上"，羊对这样的评论备感可怜。人们惊诧、怜悯、感恩的愿望，被火焰照失了踪影，羊说的什么没人听得清楚更不明白。于是羊更高傲地挺立着头颅，与火焰对视。

我们忽略自己目光之外的注视。我们轮流从羊身边走过。踢腿，扭腰，鼓掌，呐喊，总之是以狂欢的形式庆祝一次聚会。人群中议论纷纷，讲述着另外的羊在另外的地方类似的遭遇。没有谁理会这只羊，大家心安理得，从心里升腾起的不是同情与惋怜，而是由这只羊引发的对快乐的回忆。每个人的回忆都无法阻挡，快乐的影子里藏着哭泣和悲哀。这只羊，不会再咩咩地欢叫，也不会再咬一把嫩绿的青草，羊用自己的独特话语抗议，它在周头湖的这个夜晚结束自己，在火焰的光亮里结束黑暗。

在周头湖，空气中弥漫的欢乐情绪像后半夜的火焰变得萎靡，忧伤如四溢的水无可抵挡，我也成为一曲悲剧的受众。在我们嘴巴的一张一翕里，那块散发着愤怒和哀伤的羊骨头，在夜深到黎明时从周头湖走远。

河流上的秋天

回到小镇的夜晚辗转反侧，我默念没有尽头的数字，以致丧失信心。失眠这鬼精灵格外悠闲地在身体内跳动，要跳到秋天的树上与枯叶一起飘舞。我的心悬在黑暗的中央，是睡的这间房子架空搭建在一条沟渠之上的缘故吗？我听到浅浅的水流声，在这季节不会有水，回来之前就听说傍镇多少年的河流都干得不像话了。如果是以前，沟渠里流着从河里引过来的满满的水，呼啦呼啦地淌着，如果那样我就是睡在一条河流之上。如今沟里却长着垃圾，长着杂草，也长着石头。我的一声叹息，在这么沉寂的深夜，有谁听得见呢？

稍加运算，我从离开到此次回来与在小镇生活的时间竟然相等，是巧合还是天意，都是十四年。十四年可以改变时间里的多数事物。

有关十四年前小镇的一切记忆似乎跟随一个男孩出走了。一横一竖两条街交叉构成小镇的概貌，小超市、临街店铺挤满了直街两侧，中心小学在竖街的一个端点，被服装、鞋帽等商品和各种气味充斥的菜市场瓜分的农贸市场是另一个端点。过去有名的鞭炮厂院子就着地利改了汽车站，变成小镇联通外面世界的起点与终点。供销社、米厂、粮管站、油脂厂、生资站、搬运站、轧麻厂、风机配件厂，在计划经济向市场经济转型的这些年头里或者是改头换面，或者销声匿迹。很多的空壳子，散居着一些我早已不认识的人，也散居了一些长眼睛的家禽家畜，不挑剔环境的草本植物。时间里有什么没被改变的吗？小镇顿时语塞。我笃信我那拥有坚毅品质的故乡成了泡影，小镇它终于耐不住，挣着力气地跺脚蹦跳，嚷着要变，拉拢城乡距离，最好是零距离。呵呵。街上四处流动的人口面目一新，吆喝的方言杂乱。乡下有经济头脑的搬进了镇上，镇上的走进县城，人们一级级跳马似的迁移，吹嘘着自古以来颠扑不破的规律在这里得到了证明。

我摸黑下床，走到窗前，秋天的凉意调皮地跑到身上来了。临窗的马路黑漆漆的，一切都还在沉睡之中，只有我这个拥有"土生土长""外来者"双重身份的人醒着。我知道过不了多久，当天边冒出鱼肚白的时候，这条马路就会热闹起来，那些挑着菜担的菜农和骑三轮车的菜贩子都会从这里拥进嘈杂的农贸市场。小镇新的一天就揭开了序幕。

拧亮房间唯一的灯，光线很暗，房里没有几件家具，更谈不上新潮，墙壁和地板大概是为了节省开支，主人都只抹了层水泥。那些永远抹不平整的地面和墙面，抹痕交错，像一幅抽象派画作，在暗淡的光线里意外地有一种冷漠的色彩效果。我拉开唯一的旧五斗橱，空空如也，想找几张写字的纸却不可能。这房子是我同学在镇上做生意的亲戚临时租的，我也不过是借住一宿。这一排三间屋我并不陌生，有间曾开过发廊，有间小杂货店，住得时间长点的是一对姐妹，我父亲战友的女儿。她们从外地搬家过来，不知是租还是买下了其中两间，粉刷一新后，父亲带我来过，可我敏感于当时还没消失的油漆味，在门口站了几分钟就走了。这对姐妹是那种早熟、丰满的品种。

她们的父亲在姐姐初中毕业第二年患癌症死去，姐姐进了镇砖瓦厂顶职，后来结了婚，又离了。妹妹把该念的书念完后，镇上已经没剩几家像模像样的单位，姐妹俩就都去了南方打工，听说挣了钱，也挣了身体上难以启齿的病。她们早就不住这里了，而是在南方的城市间搬迁，从小镇到南方，她们顶多称得上是过客。

好不容易在床脚我找到了一个小本子，里面撕掉好些纸页，轻薄薄的，剩下的写满铅笔字。可能是同学亲戚的孩子，或者哪个在这里住过的孩子留下的作业本。光线不行，看这些字迹模糊的铅笔字很困难，我要找个空白处写下在脑海里不停跳跃的句子，我的失眠也有它们的功劳。经验告诉我不写下来，它们就会弃我而去。然而就在寻找记录工具错肩而过的时间里，我只抓住一些莫名其妙的词语尾巴：

偏执的小镇哑口无言。

黑暗中的舞者。

悲剧的芦苇，苇锋扫荡。

河流边缘，抵临，季节中心。

它们也许永远只是词语本身，对我的生活派不上用场，就像我现在的身份对小镇也派不上用场一样。

第二天午后，我独自去河堤上走走。沿着河堤，由东向西，有几个地名印象深刻，景二、赛兰、禹九、九斤麻、张家湾，新公路未修之前，它们是通往外面的一个个站牌。那时的河流生命力旺盛，堤一年年往上筑高，沿堤的几个蓄水闸在防汛的季节里守满了人。如今堤上的旧房屋全在那几年征迁中拆毁了。所剩的几间偶尔发挥物资仓库的作用，现在空荡荡的，只有一些沉积的废物、猫狗留下的几团干燥粪便、墙角结网的蜘蛛和橡柱上厚叠叠的灰尘。镇上唯一的医院也搬到了镇东头的一块空地上，以前我们管它叫卫生院。旧院子里残破、萧条，一栋两层的房子房门紧闭，干坼得没有一点看相，树木枯萎的迹象明显。

曾经集挂号、门诊、急救于一体的一排平房进口处，却挂着一块牌子：计划生育办。左侧的宣传栏上写着几十个上了年纪计划生育工作做得好的先进个人名字，这份表扬榜和另一张纸上写着的工作重点、取得的工作成绩还非常清晰，看得到检查组刚来过的痕迹。我记得这里贴过我同学母亲的照片和救人事迹、病人的感谢信。可后来这女人因生活作风问题被调离工作岗位，她一气之下自己到县城开了家私人诊所，如今富有得像她的身体一样臃肿。我犹豫片刻，还是没有弯到后院去瞧瞧，小时候就一直想去不敢去，我的同学神乎其神地描述那里有间屋是丢弃死婴的，还有一间是停尸的太平间。关于那些死婴，那时并不是找地方埋葬，而是草草包裹丢进了窗外的河里。河流吞下这些可能连眼睛都没能及时睁开的生命，急急忙忙地送他们去了更遥远的地方。

堤上的路面极不平整，冒出地面的小石块和细沙在久晴不雨的秋天稍不留意就踢起一脚的灰尘。站在堤上可以眺望镇上民居高高低低的屋顶、青黑的瓦顶、小楼房伸出来的晾衣架、某扇洞开的窗户、那所高中门顶上高高飘扬的彩旗和醒目校名……我一个在此教书的同学说，要是没有这所高中，这镇早就废了。众多见缝插针的商店、饭馆之所以滋润地经营着，就是那帮从县城和邻县四面八方奔赴而来的学子们搞活的。同学半年前到南方应聘成功就离开了这里，她说，不想让她还没出生的孩子将来是在一所破旧的小学接受基础教育。她的话唤起了我对我也念过的那所小学的关注。在高中的校园建设日趋完善的今天，仅一墙之隔的小学几乎不忍卒睹。路面坑坑洼洼，还是二十几年前那几栋旧平房教室，没有丝毫变化。操场上的篮球架和水泥乒乓球台损坏得不能想象平时学生是如何开展体育活动的。校园里的梧桐树蔫耷耷的，枝叶凋敝，身上长满斑点。师资力量更糟糕，同学无可奈何地说，好一点的教师都想办法调走了。

人往高处走。那河水呢，站远处看不出还在流动。我从靠着老医院的斜坡下行，这里没有路，只有自己在杂草间开出一条路。我掉头看右边长着一米多高的草丛，一蹲一站两个小情人，默然不语，也许正闹着点小别扭。把目光再撂远点，就是靠着老医院的蓄水闸，和电排站连在一起。那闸下以前每年都会在涨水的季节淹死一两个人，现在闸几乎废弃，人想死反而有难度了，因为河里水越来越浅了。

水越来越浅，在还未到浅的季节，它像一个无处诉说的怨妇，哀伤地潜伏着。河床裸露在眼前，大片大片的草在对面生长，有人养牛养羊也养鸭子，但这与镇上人无关。对岸就是邻县的地盘，这似乎是不成文的规定，谁叫河流让出来的地方是拱手让给他们呢。狭窄的河道里随处可见捕鱼人安插的迷魂阵，也有零星的身影在河水中走来走去。他们一点儿也不觉得冷，可能在找鱼，可能是好玩。还没有出现自来水的更远些的时间里，我父亲说，人们就在这条河里洗衣、洗菜、洗澡，洗要洗的东西，也洗掉一身的尘埃和疲惫。有人一个猛子扎下去，片刻之后摸上来一条活蹦乱跳的鱼，就会惹来岸边屏息凝视的人群爆发放纵的欢呼。

小渡船依然在，码头已经搬到了河的中央，撑船人会做生意也会偷懒，几篙子就撑到了对岸，省了好多力气和时间。搭船人也愿意多绕几步，走在河滩上，仿佛就走在以前的那条河流里。我跟撑船的老人递烟，说要在船上坐坐。老人很随和，抽着我接二连三递上的烟，不要摆渡的空当儿就跟我说话。老人的年纪比我想象的要大，他话匣子一开就收不住，大概平时多数时间只有他跟河流说话，而河流的话他不喜欢听也听不懂。

这么浅的水，晓得有没有鱼喽，给烟雾罩住脸的老人说，最深的也就一膝盖深，浅的地方脱掉鞋子就能蹚过去。他的渡船如今撑一趟只要三四篙子，也就两条船的长度。我说，这人人都蹚，你老人家还赚什么钱呢？我指了指挂在船舱木方上装钱的那只铁皮筒。老人呵呵地笑，谁愿蹚就让他蹚吧，块把钱的事，还有这天气。我俩不约而同地看了看天空，灰蒙蒙的，飘滴几粒小雨珠到脸上。顺光就看得到河里有些黑乎乎的洞穴。问老人，他说是翻斗车挖泥后留下的，还意味深长地叹息道，这些眼（音同 ǎn，洞的意思）害死人！

老人是住河对岸的，也是邻县的人。他说在这里撑渡是轮流的，意思是说两边都有人，大家一起承包的，开支一起付，各人捞各人轮班那天的收入。虽说来渡船的人稀稀落落不打眼，可天气好也能赚个大几十块。坐在船上，低头伸手就是河水，这才听得到河水流动的声音，呜呜咽咽的，有时又换个腔调，唏啦唏啦的。水看不清底，虽然老人说水已经是这些年最浅的，水颜色却是那种铁锈色。一个渡船的中年男人说，这水里的鱼哪吃得，一股煤油味。我始终没有见到一条鱼的踪影。可我印象中小时候有人在河里钓起过斤把两斤的鮎鱼，从岸边的石缝里摸到过豺鱼。

整条河流与河床都陷入冷寂的秋天里。河风中流淌着哀怨的气息。雨终于没有下，老人松了口气。来了要过河的，他二话不说点几篙子，船就漂过去了。没有人来，老人就同我说话，杂七杂八地唠镇上的变化。他以前是更远一点的华阁镇人，家里负担重，要致富就选择养羊，镇上没地方也不允许，他就迁到对岸的东河村。"华阁"这个词语昨天多次出现在耳边，我二姐吃饭时说起姐夫一个远房亲戚，两口子靠种田供三个孩子读书，负担可想而知。孩子读书争气，省心也省不少钱，都到镇上的高中来读了。因为有抢生源的土政策，上了县一中线而来此读书免收学杂费。让我感动

被露水惊醒 ◎

的是孩子的母亲，含辛茹苦勤俭节约到连梳头掉落的每一根头发都保存起来，过半年一年就连同剪掉的头发一起卖钱。

有一阵子老人的铁皮筒磕磕地响，他忙手忙脚，脸上就灿烂得放光。我无意中掏出昨晚捡到的那个小字本，读到本子上密密麻麻写的字，像学生日记。可没有留下名字，封皮上写名字的那半截撕掉了。我清楚地数了数，有四篇日记和抄的两段没头没尾的课文。孩子的字长得扁扁的，像受了委屈。读完他的日记，我一下子就被揪住，半晌没说话。

10 月 16 日　小雨

老师说，秋天到了，一群大雁往南飞。可我并没见过真正的大雁。妈妈说它们飞累了晚上就住在偏僻的湖里，夜晚很冷，不知它们怕不怕。下午又下雨了，雨多我的尿也多。妈妈前天还指着被我焐干的床单上的尿印子，发了一通脾气。我真盼望雨早点停了，这样我就能和力鹏去河边摸螃蟹了。

吃饭的时候，爸妈又吵架了，为什么事我搞不明白。反正爸爸说妈妈这件事做得不对，妈妈就说爸爸那件事做错了。妈妈哭脸了，说要离家出走，丢下我们两个男的。爸爸反而笑哈哈地说，你有本事了，离一次走一次看看嘛，不要每次吓唬人。我看妈妈像是说真的，她的眼神很坚定。我还是喜欢这个胡子扎人的爸爸多一些，只要他高兴，我提买东西的要求他都不会拒绝，可这件事让我觉得他不像个男人，以后我绝不像他这样对妈妈。

睡觉前，我问妈妈，为什么你和爸爸有时那么亲热，有时就像仇人似的。妈妈没有回答，眼睛红乎乎的，转身走了，我猜她又要哭脸了。

11 月 20 日　晴
上班会课老师安排几个同学讲故事。

我懒得去想，反正讲故事我不喜欢。力鹏自告奋勇上台讲了个鬼故事，我听过的，没意思，想吓吓女同学吧。可连孙老师也听得入迷似的，真没出息。上次我偷偷捉了条毛毛虫放在吴娟的文具盒里，她没注意用手摸到了，结果肿了好几天。不过她够坚强的，竟然没哭。孙老师一直没有查出是我干的，可她放出话来，谁干的要是不主动承认，一经查实就要重重地惩罚。我担惊受怕了好几天，不过我跟谁都没说。

吴娟讲故事喜欢做手势，而且是那几个相同的手势，我看见她的手好了，心里也没了惭愧。她的故事讲得很有趣，当然是同力鹏比。她说一个人有一天不想在地上生活，就爬到树上去了。在树上吃饭，睡觉，拉屎拉尿，还与许多动物交上朋友。我原以为她的故事结尾会很精彩，可她到后面就讲得结结巴巴，肯定是不记得了。孙老师说算了，就点了下一个同学的名。下课后我想问她的，后来玩得忘记了，她的故事会是真的吗？要是真的，我倒想去认识这个树上的人，也爬上去生活几天。到树上生活有什么好处呢？地上的人看不见他，而他可以随意地看别人在干什么，哈哈，想想能躲到树上偷看力鹏做的每件事，那会多有趣！

放学后我们去河边等力鹏来玩，他鬼点子特多，不守信用的力鹏，他不来我们也玩得没意思。我胡说河边的草丛里有被鬼抛弃的死孩子，拼命朝堤上跑，我要把他们和秋天一起丢在这该死的河里……

爸爸又出差了，他是个大忙人。一直有个问题想问他，为什么这条叫藕池河的河里见不到藕？还有河里的水越来越少，连鱼和蟹都找不见了，难道它们怕冷吗？没有鱼，那河还叫河吗？

阅读一颗童稚的心,微笑写在我脸上。我对一条河流的质疑已经写在了一个孩子的日记里,我再没写点什么的想法。我呆呆地看着弯曲的河面,那些鱼鳞似的光倏然而逝。浮现,我希望河面映现出一个孩子的脸,也许我们相识过,好像他就坐在我面前。他的日记连同这条既让人亲近又感到疏远的河流一起,将被写进秋天的怀想中。

风吹散我膝头上的纸页,也吹散我对一个小孩子的好奇心。还要提到的是离开小镇一些天后我在电话中询问一直待在镇上的同学,是否记得那间屋住过的男孩。他顿了顿问有事吗,我说上次没来得及问,我这里有他写的日记。他说你不用找了,那孩子前年就死了,失足落进河里的土坑里。我愣住了,想到那些不知深浅、被老人叹息过的坑眼,可恨的眼,埋葬了日记写得多么诚实的孩子。这条名字让孩子感觉莫名的河流意外地成了他的归宿地。我喃喃自语,弄错了,河流淹死的肯定不是日记的主人,他还活着,活在世界的某个角落里。

回到那个下午,我坐了多久,没有时间证明。

我不时望望蜿蜒流向一片白茫中的河的远方，渐渐缩近的目光被那个女人忧郁的脚步吸引。

她在河边走，总是低着头，仿佛面前站着个让她抬不起头的人。老人注意到我的视线落在女人身上，叹了口气，这女的命苦！我其实认识她，一个外貌丑陋的女人。她脸部四分之三还多的烧痕是在两岁时烙上的，快过年了，全家人烧了盆旺火准备轮流洗澡，她在父母短暂地离开时却扑跌进了木炭盆。我小时候经常躲着她走，怕看到那张皮肤布满难看的褶皱的脸。长大后才知道她因面貌难看而精神过度自闭。面貌和心灵的残疾把她推进冰冷的自我中。后来听说这女人嫁到了附近村子里，那男的是想借她的家庭关系招工进当时红火的油脂厂。女人家里也因她的自闭、沉默正左右为难，巴不得将她早点扫地出门。又后来听说男的对女人根本不放在心上，油脂厂倒闭后几年，他寸事不管，一个筋斗翻到了外地打工去了，留下这女人和遗传了父母长相弱点的女儿。

老人说，这女的每天都要走到娘家门口打无数个转，可从来没有进去过。什么原因呢？娘家人不喜欢她，还有个禁忌，害怕丑陋的女儿影响到小儿子找不到老婆进这扇门。这点镇里人心知肚明，嘴上不说，暗地飞短流长。嫁出的女，泼出的水。她的父母吃了秤砣铁了心，根本不理会流言。女人每天要顺着河堤、河边走上数十个来回，无数次地说服自己，可在一脚一脚丈量着路程时，信心和力量慢慢消失殆尽。她再没走进过这扇冷冰冰的门，她的痛苦是真实的。

一次意外所造成的伤害那么巨大地堆砌在女人的心口。不管遇到谁，她总是低着头，不说话，那些她的同学、邻居和熟人，都习惯了她的冷默，也习惯了把成倍的冷若冰霜还给她。她一直沿着河边走，秋天的风在河床上吹得格外卖力，她的短发被撩动得一掀一落，她紧紧捂住，像是害怕有人从背后撩她的这张脸，在学生年代肯定有调皮的男生戏弄过她。每一次外来的伤害，无论是语言、眼神或者动作，有意无意，都酿成她不敢正视他人的悲剧。她只顾埋着头，脚步时疾时缓，有时一拐进草丛中就不见了，有时感觉到她像是要走进河里去。回家的路有多远？在她心里永远也找不到答案。她走过多少个日子，都走成了河边的风景。

黄昏就是和女人远去的背影一起降临的。河流的黄昏，多年后会是我所记得的黄昏中独特的一个吗？在那些个我死心塌地追求一个女孩而得不到答复的黄昏，走在单位到宿舍的途中的黄昏，常常会迷失自己，惆怅、害怕、无所适从，心情瞬息万变，都射向一个渺茫的终点。我背对虽然看不见但一定有的落日，却不能背对整个黄昏。老人的竹篙点过的水面，一个个旋儿轻柔地转拢又淡淡地化开。黄昏把晦涩的天色和凄冷的风景抛给一条似乎承载不了太多重量的河流。而我，也许还有别的人，把无处诉说的心情慢慢掏空、揉碎，撒在脚下的河里。河，在我眼中慢慢地跑远不见了。

思绪也没边没际地跑，跑了多远，才被我找回来。天光此时就是一团流失到尽头的火，越来越暗。老人要回家吃饭，再有人渡船就要冲着对岸那间亮光的小屋叫喊。我和老人在船里挪动身体，船在河里挪动身体，河在黄昏里挪动身体，黄昏，却是在另一条大河——时间里挪动着身体。我们的挪动都那么轻微，不愿惊动这世界。我们的告别也没有语言，我们的脸在转身的瞬间隐匿进背道而驰的异度空间。

　　在河流之上的秋天里，我曾经那么沉默地看着黄昏的来与去，看着时间步步走远，看着思绪游弋，也看着这条让我无言以对的河流被浓墨重彩的黑夜抹去……

小 旅 馆

我们鱼贯而入。在小旅馆的门口。

每天的这个时刻，白日的微光逐渐被次第亮起的路灯、招牌灯散射出的或柔媚或刺眼的光芒所抵抗、遮掩的时刻，总有一些人，他们或她们，或者不间断地小住几天的我们，三三两两地聚集成堆，或者一窝蜂地钻出来，挤在小旅馆门口并不宽敞的水泥坪上。然后鱼、贯、而、入。

小旅馆，在这座小县城里，名气就像它的规模，一般般。称谓小旅馆，是人们的习惯，还有那的确很窄的门面。如果要准确地描述它的位置，应该存在三种方式：桥东胜利农贸市场右侧一百五十米，桥东陵园路 171 号，湘运汽车站斜对面——老张医师诊所隔壁。对于第三种表达，是因为这家诊所的招牌，白底红色行楷字的招牌，无论白天还是晚上都十分醒目。许多人，尤其是一些女人，是这家诊所的常客，不一定是看病，可能是闲聊，问些生活小常识，间搭买点必用品。然后从诊所出来，走过那条四五米长的煤渣铺成的路，再走进这被称为"隔壁"的小旅馆。

小旅馆有姓有名，一个听起来有点老态龙钟而又充溢着美好气息的词语——喜临门。多年前取的名字，不知道这些年小旅馆里有多少算得上的喜事降临过。但据大家的议论，曾经几易其主的旅馆老板，一个比一个显得精瘦，油水被前面的主儿刮得越来越薄了。我曾经路过的一次，正好目睹公安的四辆警车一溜子排在小旅馆门口，车顶的红警灯忽闪忽闪的，尖厉的叫嚣声吓得那些围在车站附近的无证经营小贩落荒而逃。开始大家以为是抓那些暗里出没的皮肉生意，纷纷拥挤在门口，想看见那些垂头丧气的男人和无所谓的异地女子是怎样钻进警车里的。大家想象着等待几个光溜溜或至少露点什么的身体出现，可那天的结果是一拨人一拨人换岗似的等到最后，终于看见几个警察抬着蒙着白布的担架出来，有一双脚因为担架的倾斜不慎露出而成为供人猜测的"根源"。这双脚的主人的年龄和身份在接后的一段时间里被唾沫四溅地流传。最后的怀疑对象落在一个老年男子和一个靠身体谋生的中年女子身上，一个因为过度兴奋用力过猛，一个因为接客过多。关于前者用药的说法是从诊所传开的，他们证实那个老年男子曾在诊所的当街玻璃柜台里买走过壮阳之类的药物，而且"那男的一看就是常年四季在外面搞这种事的男人，只能靠药物了"。有人这么说，立刻有人顶去一句："这事，谁不搞这事呢？"而关于中年女子的判断是，与她有过交道的人发现这个叫"阿兰"的女子神秘失踪了，就在那天下午。失踪说明了什么呢？这个从邻省来的女子，一度孤独地靠自己养活自己，她还从邮局寄走过几笔小数额的钱。也许有人认识她，甚至有过亲密接触，但她"失踪"了，再也没在县城里出现过。倒是几年后有人说在另一个城市的火车站出口处看到过衣着光鲜的阿兰，拉扯着一西装革履的男人，一看就让人明白是还干着那营生。只要她还活着就好，诊所的老张医生叹着气说。

我第一次走进小旅馆是八岁那年。一个八岁的孩子对它的记忆保留在一些模糊的片断上。模糊，是因为八岁这样的年龄段对经历事物的记忆提取的随意性。那红色油漆新刷过后的鲜亮地面，深橘黄色的高柜台，两盆新鲜得很的假花，墙壁中间悬挂的别人赠送的玻璃框，左上角写着"开张喜庆　生意兴隆"，而框着的是那时十分畅销的迎客松图。太阳照着山岭上的一棵大松树，也照在胖中年女老板长三个下巴的笑脸上，松树展开的浓密枝叶寓示着展翅的鲲鹏。当然有关鲲鹏的内容是我父亲的朋友，那天把我从老家小镇带到县城出差的朱叔叔讲解的。那天晚上我和他挤睡在一张床上，另一张床上的客人不知为何深夜未归。朱叔叔的呼噜声响亮，在白天我见过的松树和想象中的所谓鲲鹏之间变幻，俯冲下来钻进我的耳朵里，我一直睡不进梦里。也不仅是呼噜声的原因，我想家了，想父母和家里的小床，还有对那间双人房我的新奇感一直没消退。

我仍然记得这间位于狭长走廊东头的双人房，

简单的布置局限在两张床、一个木制洗脸架、两把可以坐两个我的平藤椅、一张四方桌子和一台十四寸的黑白韶峰电视机上。所有的家具都是那种新的橘黄色，亮眼得很，房间里散发出油漆的气息在鼻子里干巴巴地痒。那天晚上，我小心翼翼地拨弄着电视机上的旋钮，雪花点一直不停地闪烁，很遗憾的是电视台没有节目。我的心情像那些雪花点样地说不清楚滋味。我的手在旋钮上用力，隔一阵隔一阵地用力，甚至我怀疑电视机坏了。可这台取自伟人故乡特征性事物的"韶峰"品牌，在当时的名气是众口相传出来的。这个词语曾经在县城以及小镇、乡村里的多少张嘴里滚来滚去，仿佛这不是简单的一个词，而是一颗令孩子们落口水并且骄傲得不愿吞化的糖。

那个晚上的睡眠完全脱离了平常的轨道。我睁开眼睛，月光透过玻璃窗洒射在桌椅上、电视机上、洗脸架的大牡丹花瓷盆上。一种淡淡而晶莹的白，刺眼，无所顾忌。我连忙闭上眼睛，一片静谧，揉散了呼噜声。我迷迷糊糊地睡了，又在朱叔叔下床拉尿的时刻醒来，他晚上喝多了酒，进进出出上了四五趟厕所。我不作声，但他每次下床上床弄出的一丝丝响动都钻进了耳朵里。

这个在八岁孩子眼中完全是"新"的小旅馆，在我时隔十三年之后的再次进入，一切都蒙上了"旧"的色彩。旧里还张扬地显示出残破。挂玻璃框的墙上留下一个背影，换了一面早已歇息着的挂钟，也不知在这里，时间停了多久。假花不见了，柜台的位置没变，因为只有那个角落才能容得下这个大厅里唯一的庞然大物。只是柜台表面磨损得厉害，深橘黄的颜色早已脱落，多少汗津津或者做过别的事的手，在柜台上摸过来擦过去，留在了小旅馆的记忆里。那天下午大街上的阳光灿烂，而小旅馆里显得格外萎缩黯然甚至阴沁，我的身高已经允许我往柜台里的探视自由，原来这么脏乱呀，与我八岁时的渴望与想象要差远了。笔，卷边的记录本，茶杯，计算器，过期的报纸以及更多零七八碎的小东西，都那么自然地袒露在视野里。

这一次我没在这里留宿，房子里的潮湿，地面漆的剥落，藤椅不见了，床单的不洁以及床褥摸上去的湿腻感，都构成我不留宿的借口。我看到柜台后墙壁上的小黑板用白广告粉标示的价格：五人间：五元；三人间：十元；两人间：十五元；单人间：二十五元。这是我见过的最便宜的地方了。还有我听闻里别人冠上小旅馆"鸡棚"的外号，这个道听途说的绰号取得颇为有趣。在当地人的嘴巴里，它和阴暗、潮湿、肮脏、疾病等等有关，我内心明白，这里是许多异地或本地乡下女子的活命地。她们的身体，曾在每一张床上滚动过，每一张床单，都应多少残留些她们身体里的芬芳。

我在小旅馆待了两个多小时，是去看一个人，我找他聊天，记下一些我想要得到的事件。然后，我甩给他两包精白沙烟，在一个电话的催促下匆忙离开。

我与小旅馆的这种过客与主人的关系，让我谈不出什么它对我的影响或者别的更多内容。有许多东西，生命中注定了相遇，而"相遇"这个被我描述过多次且让我珍爱的词汇，又一次将相遇的对象推到更多眼球前面。这里要补充的一点是，在县城里发生的那次较大规模的拆迁改建中，从桥东路西头朝东开拓，但恰好到小旅馆的隔壁就终止了。那间老张记小诊所搬走了，到县城北门的更大一处门面继续生意兴隆着。那些女子要买些生活用的东西，可能要远走一段路到一家小医药超市去，也许在那儿的柜台也有出售。现在我们若是要对小旅馆再进行位置的描述，已经要发生改变了：胜利农贸市场背面，胜利路171号，湘运汽车站斜对面——家乐多超市的隔壁。超市在那条煤渣路上铺了水泥，到小旅馆的门口，一边很新，一边很旧。小旅馆一天到晚似乎还围着不少人，大家鱼贯而入，又鱼贯而出。因为从那里的一扇小侧门，可以插近路到新的胜利农贸市场，节约五到八分钟时间。

我去那县城的次数越来越少，但再少也还一定要回去。因为公路的新开辟，有时我会沿另一条公路横穿过县城，与小旅馆擦肩而过。也有几次，我看到小旅馆在车窗外，像一个在花园里晒太阳的老头，表情冷淡、静默，旁边门脸比它新炫的各种店子的喧闹声毫不在意地淹没了它。

一树悲凉

如果不是两位长者的引领，那座四合院也许一辈子都会在我的视野之外。偌大的北京城，眼睛是非常容易被花样辈出的新事物诱惑的。高大威猛的建筑像安上滚动轴似的遍地开花，一个无法逆转的事实——四合院在城市现代化的进程中逐渐消灭。似乎只剩下这一座——悲凉四溢的四合院。

宣武区北半截胡同 41 号。这个旧式地名在今天只是成了一个符号，并不能代表一个具体、标志性的位置。这从我们的寻找过程中的几度打听可以看出，被咨询者常常回答我们的不是一脸哑然就是"好像……"。我还在纳闷，我今天要去的地方，不会是一个子虚乌有之处吧？

当我们的车横穿过热闹、阔大的菜市口的十字路，戛然而停下时，我们的目光被粉饰一新的红院墙上的字眼"谭嗣同故居"吸引。这就是我们要找的地方，此前的费尽口舌却在不经意间抵达。上天在考证我们的诚心之后，把这院子推到了我们眼皮子前面。

墙壁上凹下去的五个字，让我的情绪在瞬间兴奋起来了。我站在院墙外的铭牌前，简明扼要地回顾了一个失败的英雄的简短一生。这种属于门外的回顾，文字中渗透出隐藏在历史中的血与泪朝我奔袭而来，还有同行者虔诚的目光，我才突然意识到在这里我要做出的是一种仰视的姿态。

而当年怀着满腔热血应诏赴京，肩负维新变法使命的谭嗣同，目光非常清澈，当他从老家浏阳千里跋涉而至，站在那扇尚未修葺、油漆剥落的会馆门前，心情是高兴还是沉重？眼神中的坚定和锐利没有丝毫的晃动吗？留给我们的是想象。最终的结局是谭嗣同连做梦也想不到的，一个多月后，就是这让他充满希望和斗志的京城，成了他生命的终结之地。

站在宣武门外，谭嗣同有些激动。他对这个地方非常熟悉，1865 年他出生在宣武门外的烂缦胡同，十三岁之前没有离开过京城，青少年时代辗转湖南浏阳、甘肃兰州等地，三十三年后他又回到了会馆多云集于此的宣武旧城区。这一带从明朝起就被笼统地称为"宣南"，它包括了今粉房琉璃街、骡马市大街、菜市口西大街、教子胡同、南二环路。谭嗣同像一只鸟，在外转了一圈，又回到了"宣南"这生命开始的地方。他走过宣武门，停在了箭楼下吊桥西侧原立着一块上书"后悔迟"的石碣前，这是给那些即将赴刑的"亡命之徒"看的，以警示他人。后来那些为变法奔波的日子，无数的夜晚和白天在菜市口一带行走的谭嗣同，他应该经常与这块石碣遭遇，以及最后从刑部大牢到斩头之处的途中，押解的囚车有意地在石碣前多停留了片刻。难道聪明的谭嗣同未曾考虑过后果吗？自己在做些什么只有他心中是最清楚的。熟视无睹的他也许从未把那三个字、血淋淋的杀人场面看进心里。

与今天的清冷气氛不同，当年这座四合院里书生意气，挥斥方遒，那些热血沸腾的士子们聚集在院子中央的那棵大槐树下，兴奋地迎接谭嗣同的到来。对于从家乡来的我们，红漆的门框里少了两扇木门，院落里人影都闪没了。有人轻吟一句"先生在家否"，像一把笤帚拂开和落叶堆积在一起的尘嚣，院墙好像隔断了外面的嘈杂，静谧汹涌而来。这份静，符合我们的心意，毕竟喧闹不是谭嗣同的本质。他冷静地打量着当时内忧外患的中国，打量着那个优柔寡断的清光绪皇帝。也正是他的冷静，像一道光，扫过京城阴霾的天空。在中国历史上他绝不是扮演一个喧闹的角色。

一踏进院子，内心残存的那点兴奋意外地消遁，唯一有的是警觉。我们散开，又很快相遇。原因是这四合院太小，房子又矮又旧，院墙周围码着各式各样的杂物，挤得巷弄里的路瘦仄瘦仄的，还把对陌生者的质问冷默地写在脸上。我要寻找的是什么，连我自己一下子也迷惑起来。展现在眼前的是"年久失修""杂乱凄迷""萧瑟孤立"这些词汇和在寒风中打冷战的狗，檐头飘摇的狗尾巴草，角落里沾满灰尘的煤，低矮残旧的墙裙，门窗紧闭的小房间，还有三棵皮肤皲裂的槐树，这些都不是想象中的。可我又能说出想象中的模样吗？就是到了离开那院子多日后的今天，我似乎觉得那仍只是个梦，梦中的院子太没有物质内容可供罗列。

莫名的一些紧跟着冬天的寒风跑进我的身体里，莫名的抖动黏附上了我。1898 年 9 月 28 日。41 号四合院里居住的人们在这一天倾巢而出，他们把脑袋瑟缩进发白的长袍领口，同样怀着颤抖的心情，步履蹒跚地走向菜市口。这个以砍头而著名的地方，让全中国人心惊胆跳的古刑场，在这一天砍断了谭嗣同、林旭、杨锐、杨深秀、刘光第、康广仁这六个人的呼吸。至今位于菜市口生意兴隆的西鹤年堂就是因出售砍头时的麻醉药物而出名的药店，据说当年老板给刑场上的六君子带去了药物，可被谭嗣同领头拒绝了。谭嗣同在凛然地喷洒颅内鲜血之前，他那句临刑前的绝命词"有心杀贼，无力回天；死得其所，快哉快哉"在菜市口的上空荡气回肠。这一年是农历戊戌年，人们私底下给他们一个称谓，在数年后的历史教科书上这个称谓被更多未能亲历现场和亲历那个时代的人记住：戊戌六君子。谭嗣同作为六君子之首，在被捕前几天，正在四合院北边的那间"莽苍苍斋"书房里奋笔疾书。9月18日，他对袁世凯的深夜拜访，其交谈过程如今埋葬在时间和消亡生命的尘土中。有人说，要逮捕谭嗣同的消息传出后，前来通风报信的人却是垂头丧气地离开的。梁启超走了，康有为走了，还有那些明哲保身的人早走了。谭嗣同决定留下来。也许在某些人眼中，变法失败，谭嗣同的鲜血白白地溅没在清朝晚年的沉沉黑夜里。谭嗣同等着慈禧的人来抓，他就已经做好了死的准备。他不是厌倦了生命，而是深知"变法未有不流血者"的道理。"中国变法请自嗣同始"——他执意向世人展示生命可以创造的另一种价值。

如果不是遇到那个扎着围裙的妇女，残破的屋墙和紧闭的门户早让在院子里穿梭几个来回的我们对"到底住没住人"心生疑窦。其实在院落的每间屋子里，都有老百姓居住。这个五十八岁的大婶，从她八个月起就住在这座四合院里，一直住到了今天。她指着磨损厉害的石阶说这是一直保存下来的；指着那三棵槐树说，原先的五棵砍掉了两棵是因为人多要搭房；指着灰头土脸的那间房子说，这就是谭嗣同的书房"莽苍苍斋"，她小时候住过的地方。她特意强调这点，可语气里听不出骄傲。如今她住到了侧对面的矮平房里。我们问她，现在"莽苍苍斋"住的什么人？她连说了几个好像，最后也没说出准确的名字。时不时有些文物保护的人过来，今天拿走这，明天取走那。当她听我们介绍是打湖南来的时，抹了抹在冷风中冻缩得鼻尖发红的鼻子，说，你们得为湖南人的自豪呼吁呼吁，这谭嗣同故居是区级保护单位，而那康有为，就临阵脱逃的那个，却是市级的。这个级别之差，显然让这个对谭嗣同有着好感的大婶激动和郁闷不已。

我们同大婶聊谭嗣同生前死后的那段时光，她倒出来一个颇令人回味的细节。她说小时候听院子里的大爷说，谭嗣同被砍头前，深夜院子里常有一个断头鬼出没，并不瘆人，就是孤零零地在巷弄里游来荡去的。迷信的说法是这院子要犯人命了，果不其然，数日后谭嗣同被捕，继而命断菜市口。

浏阳会馆。菜市口。一个人的生所与死处竟是近在咫尺。这就是历史常常与人开的玩笑。在这院子里，我的眼睛四处搜寻新奇点的旧迹，收获几无。太普通了，近似于一个贫民窟，我听到一声叹息，是从我心里发出来，又像是从他们那里传递过来的。

同是"谭嗣同故居"，位于京城的这座现在挤挤挨挨地居住着二十来户人家的四合院，当年湖湘士子纵横时事的会馆，最后成了谭嗣同从容赴死之地。这同他浏阳老家"深三进，广五间，三栋两院一亭"的大宅院无法相比。这是叛逆的谭嗣同的悲剧之因，作为巡抚之子，既得利益集团的一员，他时刻惦念的是社会的改良，同那个旧时代的决裂。这注定是要有血的代价的。

在这位妇女热情地向我们介绍时，我贴近那早已经蛛网暗结尘土满梁的"莽苍苍斋"的门窗，玻璃给灰蒙住了，门缝里黑洞洞的，一无所获。

我大胆地揣测，临刑前，这位"向死而生"的英雄脑海里想着什么？他那首"我自横刀向天笑，去留肝胆两昆仑"诗留到今天，依然像一排排巨浪拍打着无数后人的心怀。在他的脑海里，翻腾着的是峥嵘岁月里同那些维新志士秉烛夜谈的情景，还是赴京前夜与妻子李闰对弹"崩霆琴""雷残琴"的弦乐，抑或是感慨他未能及时描述的变法后中国的崭新前景。我听一位长者说专程看过现陈列于博物馆内的那把"崩霆"七弦琴，两把琴都是谭嗣同亲手制作，取材于老家"大夫第"院中的一棵被雷击倒的撑天梧桐树。1898年5月深夜在浏阳北正街那座庭院式大宅内的对弹，一曲成诀别。这一曲，自然勾起无数情感丰富者的浮想。而同谭嗣同聚少离多，又知书达礼、忧国忧民的妻子李闰，翰林之女，这个后来被康、梁二人赠匾"巾帼完人"的女人，自丈夫死后就改名"臾生"，在她的简历中有"创办浏阳第一所女子学校，热心建育婴局、办学校等公益事业"等记载。她在浏阳的故居里度过一生，从未到过京城，"北半截胡同41号"在她心中是个伤心之地，也是一团挥之不散的阴影。作为女人的李闰，谭嗣同的西辞和他人赠予她的名望又有多少用处呢？她也许需要的只是谭嗣同活在这个世界，平安地陪伴在她身边。

还有一位既是臣子又是父亲的男人，他在那些个噩耗传来的夜晚，也只能压抑心中的哀恸，站在窗外去安慰哭泣不已的媳妇。他清醒地看到也说出来：将来儿子的名望必在父亲之上。这位一生为官清廉、处世慎微的湖北巡抚，既得清朝廷恩惠，又受政变牵连被革职在家，在他给儿子写的挽联"谣风遍万国九州，无非是骂；昭雪在千秋百世，不得而知"里，我们触摸得到他内心的矛盾与痛楚，也能看到为儿子壮心未酬的超然与淡泊。

四合院没有门，没门的原因我不知道，想必并非为了彰显谭嗣同这位维新爱国、探求改良兴国的志士内心的自由精神，恐怕同大婶眼中的"区级"有关。外院墙上的红漆和白格线，浅俗得很。大婶指着左边离正门两三米的地方说，以前门在这里，前面有排瓜架，听大爷们说，谭嗣同死后，瓜架就废了。

没门也没了门房，可谭嗣同的尸体是那个姓刘的门房收回来的。刘门房和两个仆人从凄凉的刑场上，从离异的尸首堆里折腾一番，找回了"谭嗣同"，又连夜缝补好身首，借一寺院停落，第二年才运回湖南浏阳。熟悉这一掌故的长者向大婶提出来，并询问门房是否还有后人在。大婶引我们走到进大院门左侧的房子前，示意那门房的亲戚就住在这里。

我们敲开那张挂着一块发潮旧布的纱门，房间里逼仄、凌乱，煤气味、煎药的气味、潮闷的气味扑面而来。坐在床沿上头发斑白的老太太喘息声特别重，一见便知有病缠身，她把我们的问好和解释当作耳边风。对来这里参观和调查的人，她已经熟悉和麻木了。"您住多长时间了？""过去那门房是您什么人？""谭嗣同您对他是一种什么样的感情？"……我们接二连三提出的问题得不到回答就像变成了自言自语。煤炉上的铁皮水壶开始低鸣并一缕缕地冒气，老太太忽然极不耐烦地抛出一句："都是这鬼地方，这破保护单位，要不然我们早拆迁搬家了。"她的突然恼怒更是令我们意外，可细想，要在没有暖气的房间度过北方的冬天，的确是件不容易的事，尤其对于这个有病的老人。她发怒的原因我们能够理解，要责备的是谁呢？后来我们弄清楚了，这位老太太一家是那个保全谭嗣同遗身的门房的后人。他们都是善良的人。走出这间房子，老太太的喘息声更重了，"人间烟火"在这里掺杂了许多现实的因素而变得尴尬、沉重。历史与现实的矛盾遗留下来，让院子里所有的人彷徨，不知所措。无奈的生存境遇不仅是这里，在别处也是很多普通百姓必须真实面对的现实。

我站在一棵身体皱皱巴巴的槐树下拍照，抬头只看见光秃秃的枝干像无数细密的手伸向白蒙蒙的天空，去抓住那些生命中的虚无。一股冷风从巷子的深处飕飕地蹿过来，绕着被斑驳陆离的枝影纠缠的我，绕着院子里一切有生命的东西，也一定缠绕过消失了的那些东西。突然，悲从中来，我连同脚下的土地狠狠地颤抖起来。我那些悲凉，是我自己的，还是在这个院子里生长了一百多年的？它们也许是顺着树枝和树干流下来，落到我的头顶上。我喜欢被这样的悲凉包围，又渴望这悲凉只是像我这个过客一样地来去匆匆，毕竟把悲凉抛弃给生活在院子里善良的人们，显然太不公平。

　　从四合院出来，弯下斜坡，前面就是眨眼之间变得开阔起来的菜市口。菜市口的十字路成了一个坐标轴，而谭嗣同故居是这坐标上绝对抹不去的一颗圆点。我仿佛看到一个身影，脚步疾速，他从对面的人流中钻出来，从菜市口顺右手往南走过几十步远，拐上路边的高坎儿，钻进那一排绿油油的瓜架，从瓜架后就可以走进他的"莽苍苍斋"——今天落寞无比的谭嗣同故居。这个身影同我擦肩而过，我们对视一眼，似乎看到一个中国文人典型的理想主义者不悔的坚定。

　　当我在离开的那一刻和身处异地的今夜回眸时，那座院子在脑海的大屏幕上变得格外刺眼。那一天，冬天少有的灿烂阳光打在残破的屋顶上，扑打出一束束裹着如烟往事的灰蒙蒙的光。光束里透射出的一双如锥目光，正细细地审视着四面穿梭的车流，匆匆的脚步，那些用钢筋、水泥、玻璃耸立起来的建筑，也审视着院墙内的一树树悲凉。那悲凉，*丝丝缕缕*，从时空中渗漏。

对一个夏天的观察

后半夜，空气仍旧是汗黏黏的，我的睡眠同许多声音纠缠不休。

开始是一阵窸窸窣窣声，我以为是家中来了一群莽撞的老鼠。继而窸窣变成了窃窃私语，像面目不清的密谋者扎成一堆，嘴唇在翕合之间射出牙齿上的白色冷光。叫了两三声的警笛骤然停下，车顶转动的刺眼红光把牙齿的白皙映衬得更加清楚。然后听到一个女人语焉不详的尖厉哭喊，哭诉好像与死亡有关。

还有另一个女人的叫，从邻居家发出，并非第一次听到，一声一声的，抑扬顿挫，虽然只是几个单音节词，但让人感觉到内容具体。我一度把这声音当作一个女人肆无忌惮的叫床。偶尔听过的几次颇令我心虚发汗，仿佛一顶不道德的帽子扣在头顶。傍晚碰到过牵着干瘦的女儿回家的她，女人无论遇到谁都会亮出一个看上去温柔的笑。这勾人的笑配上对晚上叫声的想象，令我免不了惶惑。可当我无意中得知这少妇患有奇怪的癔症时，那种勾人的美好顿时瘆人起来。于是那些引人胡思乱猜的晚上的叫喊有了明确的解释，只是一个癔症患者发作时的表征。

此外还有些什么声音？像大自然的，夏虫的啁鸣，嘹亮的蛙啼；机器的响声也不停顿，风叶开足马力鼓动着的空调加上若隐若现的水管的滴答声，像一首粗糙、蹩脚的咏叹调；附近工地上加班的打桩机砰唪砰唪震颤大地；呼啸而过的出租车轮急速的摩擦声像一把锉刀在心口划过；还有夜归者洗澡时下水道的喉咙发出的呜咽……

好些次，我把自己和此起彼伏的声音置放在梦的背景中。我孤独地与它们展开角力，胜负不分，可我精疲力竭。夜晚的状态因为这些声音而只能用迷迷糊糊来概括。夏天的燠热于是在希望有所改变的夜晚变本加厉。

在清晨少许的凉意中被手机的闹铃声叫醒，

周围终于有了出人意料的宁谧，让闹铃格外突出。起床，洗漱，开门，关门，下楼，在时间的掐点下它们一挥而就，或是从从容容。白天也就是从上班这个极抽象而又目的性极强的字眼开始，同暮色般令人迷惘的下班一起结束。省略这种简单的"上与下"的经过。回家的路上，不可避免地又看到那些熟悉的老房子，茂密的樟树，四通八达的小道，那些围在树荫下陌生而天天在眼睛里晃动的打牌者，那些边走边吼几嗓子的收破烂者、小菜贩、修房补漏的民工，那些和我在同一时刻下班的人脸上都写着相似的疲乏……在我的脚步里向后滑退。这是一座老工厂生活区里习焉不察的场景。

收破烂的两个男人骑在三轮车上，一个五十来岁，一个二十出头。老的喊：收破烂喽，收破烂。收破烂哩，收破烂。腔调有韵。每一句停顿的间隙里，小的就会喊：电冰箱，洗衣机，电视机，旧空调……再拖泥带水地滑出一个长音，能收的都收啦！这像极了一对父子。在小区里流动着以收破烂为生的人不下十个，我上班时他们有的就开始吆喝着穿梭在小马路上，我下班时他们拖着三轮车里或多或少的废品仍然恋恋不舍地转悠。我从没想过去打听他们租居在哪片廉价的出租屋区，生活又是如何，就像我熟视无睹的房子前后的一棵棵树。生命力旺盛的它们隔不了两年就在冬天被割除那些粗壮的枝杈，都是些外地模样的人在砍，听说是付了钱才允许这样做的。被砍掉枝杈的冬天，每一栋楼看上去晴亮了很多，可空气中总是有股黏稠的液体流动的气味，怎么抹也抹不干净，怎么用鼻翼扇动也无济于事。那是树的伤口所散发出来的。人有伤口也会流血，但并非所有的伤口都流血。

那对父子在路的三岔口停下歇息，车厢里空荡荡的，老的递了棵烟，小的迅速掏出打火机递向老的叼烟的嘴巴。两个人说话。小的鼻音很重，像是请教：能把自己喝醉死的人，真是头次听说，这算不算奇迹？

老的说：少见多怪。

小的说：你见过醉死的人？

老的犹豫一下，摇摇头。然后两人不说话了，面目在飘散的烟雾里隐匿起来。

我知道这些人总是有议论不尽的奇怪的事情。他们走街串巷，如同城市流动的风景，聚在一堆就变成了一群传声筒的集合。我走过他们身边，听到上述几句简短的对白，拐弯，看见露天下的牌场战得正酣，而一桌散了的牌友，旁边坐着几个眉飞色舞的人。在这里，还有几家室内牌馆，每天都有固定的人，也有来去自由的人，似乎没有季节之分、日夜之分，有的是今天赢了还是输了由此生发的高兴与失悔。我有时真羡慕这群看上去快乐的人，口袋里并没有几个钱，却怡然自得，可有时也把他们这种创造简单快乐的方式看成是麻木的生活。

我多瞟了他们几眼，可没有人注意到我。做早点生意的胖女人磕磕巴巴地说：转钟两点多，好多人都起来看。不晓得么子事，一个晚上冒困好觉。尸体都发臭了，警察当时不知道喊的哪里人搬走了。人是他老婆发现的，哭天哭地的，拖了不晓得多久才报警。女的前一向还在这里打炒股麻将的，输了钱就拍桌子。

戴着两只厚啤酒瓶底镜片的矮男人插了几次嘴都没插进来，听说他是这里斗地主的高手，以前有班上，现在不知是停薪留职还是从厂里买断，几乎天天混迹于此。他问：是住 105 的吗？

坐他右手边的女人马上蹦出一句，还做了个皱眉动作：他缩成一团，房间里到处是空酒瓶。酒气跟臭气搅在一起，难闻。

真想不到，还有人居然可以把自己醉死。

醉死？那是自杀，不会是他杀吧，那男的不像有钱的样子。

以前看到他们有个小孩，不过最近没见着。

反正厂里是经常发生这种事，稀奇古怪的。

好死不如赖活……

我听到这些议论时有意放慢脚步。他们嘈杂的声音时高时低，我想听清楚有些吃力。迎面走过的一个面熟的人，拉住我，按捺不住兴奋地告诉我，住我前面一栋的一个男的死了。他指了指那栋房子的方向。

我问是怎么死的。

他说是喝酒醉死的。

我站到那栋楼的附近时，还有三五一堆的人在议论纷纷。我非常好奇地走到 105 所在的单元口，装作若无其事的样子转悠。楼道灰尘扑扑，我发现房子的门被水泥封死了，肯定门是开在了前面阳台上。后窗是关闭的，如果不说，没有人能感觉到曾经飘浮的死亡气息。但确实是昨晚就在这里发现了一个非正常死亡的男子，议论者的语气很坚定，不像以前有那么多的版本，这次口径一致：醉酒身亡。在电网整改重设的崭新电表箱上我找到与"105"匹配的名字：丁立民。这个名字跟随着某一时刻而消失了。

我在沉思中意识到昨夜那些虚幻的、在梦里扑腾更替的声音，我发现我错了，我以为它们在梦境里，它们其实存在于已经过去的真实时间里。

男人的死与夫妻之间的争吵有关。吵完架，女的回娘家了，男的就……我没法想象得更细致，一个男人与自己的女人吵架后，男人把自己反锁在家中，喝酒，以致醉死。平时的争吵吵了就过去了，唯独这次带来了一个残酷的结果。女人做梦也怕是想不到的。当她回家发现钥匙在锁孔里失效了，就使劲地敲门，喊男人的名字，最终她破门而入看见地上蜷着一团东西，起先她错当成了一只猫。而猫脸上的奇怪表情，仿佛反复重申一句话：过去曾是你的男人，现在我已经死了。她的尖叫和泪水几乎同时开始。男人，我又思考他是个酒量大小如何的人，需要多少酒才置他死地？一瓶，十瓶，更多？是感情的这一滴酒把他推到了另一个世界，或是世俗生活？这种死亡也是消失。真像那个收破烂的年轻人所问，这算不算奇迹？

我突然记起那个满脑子怪异思考，经历了蓝色、玫瑰红、立体主义、超现实主义、抽象主义的辉煌画家毕加索不止一次地说过：一切都是奇迹，一个人在洗澡时没有在水中溶化也是一个奇迹。

任何死亡都有动机。奇迹并不像说的如此轻巧。伤害，我想到了这个能够解释死因的词语。究竟是怎样的伤害让一个人甘愿放弃晴天烈日下的自由呼吸，奔赴冥灵的世界？

我一直想打听到更具体一些的消息，来确证我理解的动机。周围是同样怀着各种猜疑心理而津津乐道的人们。第二天在办公室，我尚未启口，一个同事在半兴奋半颓废的言说中已经勾勒出一个老实的男人：下岗，在手机店专修二手手机，儿子快读小学了，妻子是个因肺病而办好内退的挡车工，爱好打牌，男人包揽家务，唯一的缺点是喝多了酒就喜欢打女人……当我正着手将她们这些道听途说得来的消息加以整理时，那位堪称热切关心世界局势的中年女同事又扯到更远的地方：美国，伊拉克，以色列，具体到又一枚汽车炸弹爆炸，武力绑架。我们的注意力也开始转移，我想象那些整日生活在恐慌之中的中东地区的老百姓，是否会想到他们的命运被几个毫无关联的人津津乐道着。

傍晚时我站在前阳台上，透过樟树叶丛去寻找那间房子，也许我和那个叫丁立民的男人哪天就在楼下交叉的马路上遇见过，他一家人在散步、聊天，眼神平和。然而在式微的天光里，一切都模糊起来。回到客厅我听到楼道响起碎乱笨重的脚步声和嘈杂的说话声，从门镜里看到一个穿制服的警察带着两个胳肢窝里夹包的便衣，他们敲开对门邻居家松松垮垮的旧铁门，自我介绍他们是

169 / 下篇 我们的相遇以回忆结束

来了解情况的。好几次在这片生活区里发生意外事件后，都会有警察登门拜访。这不知是例行公事还是案情有疑点。我经历过一次这种询问，但我并没提供什么有价值的情况，相反在盘问中那个入道不久的年轻警察倒把死者的某些真实状况告诉了我。于是我把房间收拣一番等待门铃的响起。我想从警察那里套出一些有关死者的内容。我有那么多疑惑，只有他们能给予准确的解答。和警察对话是进行一场智力与语言上的挑战。我开心地等待着。

没有！想不到的是警察迟迟没有敲我家的门，连他们什么时候走的我都没察觉到。是临时急事还是知道枉费工夫而撤离？为什么不能多花点时间与我沟通？虽然我免不了与那些邻居们打照面，却又形同陌路，但可以把我的思考告诉他们。我生出一股恼恨却无处发泄。

不记得哪一天，我经过麇集在方桌上战斗的"他们"身旁时，一个玩手机的男子大声说话，像是宣告：我已经把他从电话簿上彻底删除了。他的语气听不出是悲伤还是调侃，我也无法得知那个被删掉的"他"是谁。事实所呈现的，已经消失的丁立民肯定也连同一串数字被一些人连根拔除了。

我认定这个醉酒而死的男人同一种深深的伤害有关，起源于心灵，在身体上爆发。前者决定后者依靠酒精的麻醉来极端地对待生命。

就在夏天最酷热的8月开始的日子里，在这座改制正在进行时的工厂里，工人们联合起来导演了一场声势浩大的集会。一年工龄，一千两百八十元。依此类推。要么拿钱走人，要么把钱当股本投进新注册的公司继续工作。在领导层撰写的买断和再分配的剧本中，已经亲手编织了一颗巨大的火球。那些把青春完整地奉献给这座曾号称东南亚最大的纺织厂的女工们，情绪激动地手挽手，走上街头，堵塞了临靠工厂的一条交通要道。在炎炎烈日下，女工们打着伞，从上午9点到下午3点，从晚上8点到12点。没有订单，原材料涨价，纺织工厂的竞争越来越大，产品质量下滑，企业负担沉重等一系列原因，潜滋暗涨地推动一座无比红火惹人红眼的工厂的萧条期真实地降临。与其说是她们采取了极端的方式对待国企的变革，毋宁说是刚离任的厂长留下的数字空洞加速了这种结果。亏空变成若干组大大小小的数据，水一般地蒸发了。我第一次看到数百名警察和十数辆警车从四面八方冒出来，开始还有某位市领导出面要同工人协商，工人们默认这种协商，并退让出一条通车的路，只要能满足她们经济补偿多一点的要求，她们甚至甘心承担非法集会带来的后果。孰料一直等不到答复的她们像受到莫大的欺骗，她们在扩大队伍，她们狠下心来进行一场对峙，带来的僵持局面令人担忧。而现场在近四十摄氏度的高温下，充满愤怒的集会者和维护秩序的警察都汗如雨下，无疑都像一枚枚定时炸弹，那团点燃导火索的火焰，谁都不希望哧啦一声燃烧。后来有中年男工人也加入到静坐的队列，空气中的火药味陡然浓密起来。他们原先被强行要求在车间候命，绝对不能充当那团愤怒的火焰。任何生产都已经停止。那些曾整日咔啦、唰唰作响的机器在偌大的厂房里意外地沉默下来。

　　有人在传言：某女工被打了，某某和某某某因中暑发病被送到医院，某男工冲撞警察被带走了，交通堵塞，行人怨声载道……这些片段似的消息在集会的五天时间里飘落，重重地压在每个在工厂生活着的人心头。大家都期盼事情有所转机，像希望在太阳的炙烤下喝上一杯冰矿泉水那般迫切。她们在私下言论中也懂得劳动力密集型的工厂的艰难行进，她们只是想仍然有那么一份维持温饱的工作，一直到退休，并非在人到中年时却被告知将加入到更庞大和严酷的竞争之中。她们没有任何优势，没有关系，没有学历，没有特长，随夫携子，最可怕的是年龄不再青春。对毫无丁点本钱的人，即使她们的过激行为得不到一个良好的效果，毕竟以她们的方式试过了。

　　旁观者都在寻思着什么？也许把这当成消暑的一种方式，或是抱着看热闹的心理，或是拿着电话指手画脚唾沫四溅地描述，更多的旁观者能理解弱势群体的心思。这理解只会加剧一个善良、有正义感的人的悲痛、忧思。难道没有更好的方式让她/他们开心地生活？

在这个夏天，这段属于工人们不可避免而又造成意外伤害的日子是挨着每一秒钟过完的。工厂决定暂停改制进程，勉强恢复生产，工人们轮流休假，工资以天数计算，审计组同步开展调查。那些因为在烈日的曝晒下生病，那些因为过激的言行被拘留者，成为一场看似有个结果其实又没有结果的行动中的受害者。过去的一幕，已经被夏天记录下他们既虚弱又坚强的身影。这一幕即使再短暂，也会让亲历者铭记。

那个叫丁立民的男人，是否也是被这种伤害打击的受害者呢？夫妻双双下岗（先不管什么原因）所带来的家庭经济的拮据，生活的忧愁，加上夫妻争吵时言语的粗莽，还有背后淹没的因素，扼住了他的喉咙。他咽下去的不只是低价酒的麻辣和割裂，还有不敢流露的眼泪和一个男人的自尊。

在这个城市的夏天，伤害连同酷热打击了一片人，不只是纺织厂的女工，被丈夫、父亲遗弃的母子，为自己和他人利益奔走的焦头烂额的人，也包括我。当那些平时与我抬头不见低头见的工人曝晒在烈日下时，一桩危险潜伏在焦躁之中抵临我的身体。

同学聚会十年一遇，选择去开发才半年多的连云山漂流，我不识水性，还听说那里山石嶙峋，惊险刺激，管理不善。那些日子我跟随电视台两位年轻能干的记者后面在城市的角落四处奔走，充当各种声音的传递者和见证者。虽然有很多理由可以让我委婉地拒绝，但我还是去了。我是带着私心去的吗？别人问我，我问自己。聚会里有位"她"与我有一段似乎美好过的插曲，这让许多知情者笑话我要抓住机会。我置之一笑。我们分散在城市里的两个点上生活，虽相距不远，却从未偶然地相遇过。缘分这个令人迷惑的词让人心灰意冷。更重要的是我们冷静地意识到，在身后都各自站着一位已同我们息息相通的人。没有意义的脱轨无非是伤害别人并给自己徒添伤痛和烦恼罢了。

回到聚会话题本身，气氛相当热烈。没人去

过多考虑意外。我有些紧张，冥冥中感觉不祥，但不敢说破，只有等待。

当搭坐的皮艇从十几米的高处滑落到水中时，我就被四溅的水花打湿了眼睛。那道白光一闪即逝，我就如同坠入黑暗之中，前堵后挤的皮艇把我撞翻落水了。没有一点游泳经验的我喝了好几口水，呛住喉咙，脸色肯定变得苍白。我一只手紧紧抓住皮艇上的扣带，才没有淹死在这景色盎然的山林间。我脑子里完全乱了，她，已经不在我身边。浮上水面，场面混乱，我被拥在皮艇之间，大声喊她的名字，人影晃动，可没找到她。我的目光终于搜索到被人救到了岸边的她，因恐惧而低声抽泣着。她的安全让我焦灼的心终于踏实了。我低头看见走过的浅水区，有一股暗红的水流在脚边徘徊。当时痛并不强烈，身体却发冷抖缩，鸡皮疙瘩密密麻麻地浮在皮肤上。是她发现我受伤并叫出声来的，左脚踝内侧被石头撕裂开一道三厘米长的伤口，被水浸泡得四周发白的肉，血像春天从墙缝间渗出的水，丝丝密密。那根大动脉血管暴露在视线里，血管表面像蒙上了一层霜，一鼓一缩，我真担心它若是断裂的话，会陷入到何种处境里。隐忍着复苏的疼痛，我爬上岸，又搭了近十分钟的摩托到一个赤脚医生的家庭诊所里消毒、缝针、注射。同学们的皮艇都顺水漂下，两个小时后我才会和他们见面，只剩下她陪着我去面对身体所遭到的突如其来的伤害。有她，我拒绝了麻药，我满不在乎，我微笑着跟人说话，如果说我在这过程里变得格外的坚强，那是因为她在我身旁。其实汗珠从毛孔里奔涌出来爬满身体，我只是变成了混在其中的一颗水珠，被她攥在手心。

回城的途中，车内忽冷忽热，我心情也忽明忽暗，我沉默着抑住疼痛的流露，我不知如何去跟家人解释受伤。她坐到我身边，一声不吭，我也紧闭双唇。后来她的手指在我的膝盖上跳动，小拳头钻进我的手心，肌肤的温暖像电流一般触摸我的心灵。我们开始互相跟对方说话，挑选开心的话题，谁在讲述时，对方就是认真的听众。没有同学来干扰我们的交流。西天边，橙红的太阳通体发亮，我们把视线投到公路一边的稻田里，看那些汗流浃背的农民还在弯腰耕作，余晖镀出一个个金色的身体。车一直在奔跑，从白天跑进黑夜，而我全然不知。当黑幕已经把天地严实地笼罩，在城市灯火辉煌的映照下，我看到她目光中说不清的磁力，还有流动的清纯的情感。我们在心底已达成共识，以后不需要见面，当仰望天空时，我们会看到对方的眼睛。

我原以为这样的伤口会在一星期，顶多两星期的时间里完全恢复，没想到，它让我在家足足躺了二十四天。每一步没有搀扶的行走，就会拉扯起痛觉神经的起哄。那道弯曲丑陋的疤痕，浅浅地贴附在那里，刺激我的眼睛。我无意用过多的文字来表述个人身体历史上所遭到的最大伤害，毕竟已经过去，伤口愈合，伤口四周一层层地蜕皮，又生出新的表皮。同学聚会已成往事，引出的任何感受都在这种褪与生中流逝成水。

被疼痛缠绕、躺在沙发上无以打发的时间里，做得最多的事是看碟。我喜欢那座湖上的静谧和深邃，在雾气弥漫之间恍惚游动的绿岛、小屋、树影，景色令人心旌摇荡。而那个美丽的主人公哑女把所有的语言变成了眼神，无论爱或恨。她一言不发，可她无时无刻不在说话。水、鱼、小屋、偷情的人、嫖妓的人、躲难的人都暗中道出哑女的心声。哑女在影片里如潮水般执着而猛烈的爱，让人心里头常无端地发紧。我始终无法忘记两个同伤害有关的场景。男警察因惧怕被捕归案，吞入鱼钩，锋利的尖钩刺穿想象的花衣，她帮他躲过搜捕并一个个取下沾满血锈味的醒目鱼钩。当哑女意识到男人将愤然离去，无助，忏悔，将鱼钩塞入下身，用力拉扯出鲜花般绽开的血朵。那些血淋淋的鱼钩对视觉的冲击竟让我肢体抽搐，白纱布覆盖下的伤口似乎在裂开，缝合的黑线已被挣脱，身体里的鬼怪精灵活蹦乱跳地钻出来。我骇得大喊，想从心里喊跑害怕，也把多日来困在家中的压抑抛散在黑夜中。

于是那些散落在《漂流欲室》中湖面之上颜色各异的小房间，成了在炙热中夜不能寐而去假想的对象。一度任欲望占有、捕捉、虐杀的人或事物，反复上演着因虐恋引发的无法挽回的伤害。这是影片虚构的伤害。那些在现实中不知不觉的层出不穷的伤害也在这个夏天的日光中肆无忌惮地流淌。

也许很多人会以各式各样的理由记住这个夏天。热浪的袭击超出往年，稀少的雨水来去匆匆，人们恨不得躲进机器制造的阴凉里永不露头，只有几条狗有气无力地哈着舌头，垃圾堆积如山，西瓜皮上叮满东张西望的苍蝇。

如果没有脚伤，我会继续顶着烈日去和一张张陌生的脸交流，听他们嘴里发出的一切声音。在奔走中我已经记录下：住在花果畈附近的郊区村民，垃圾处理场就躺在他们身边，整天播散着热烘烘的臭气；上百个善良的人听信谎言，被一个道貌岸然者你几千他一万地卷走六十多万的血汗钱；患朗诺氏综合征的农村女孩，枯瘦如柴，父母在病房里唯一的表情是泪眼潸潸；更甚的是那个房地产开发商四年多来将一房多卖做得滴水不漏，还拖欠着施工队民工们的一百多万工资，如今逃之夭夭。无助，恐惧，愤怒的眼睛，太多的表情在镜头前晃过，而更多未记录的在镜头背后黯然神伤。

持续高温，热气烘托着我居住的旧楼，风扇一刻不停地转动。这些我都可以不在乎，我多么害怕那些无人说话的日子，只有让影碟机重复播放着漂亮脸孔说出的台词。即使有时一句也没听进去，我也不管，只需要有声音来证明我的存在。我还想入非非，落入水中的一幕以 N 种后果的方式呈现。生与死就在意念间跳跃。如果我死了，是不是在夏夜的天空有一颗星星闪亮地坠落，或者家门前一片树叶忧伤地飘下。现在我活着，我要珍惜的不仅是自己的身体，还有站在我背后的那颗爱护的心。

人，总希望留在永恒里，而我把这意外当作夏天在身体上留下的永远的纪念。

日历上的"立秋"已被翻动，看上去夏天的身躯笨重且脚步缓慢，一直走不出高温的阴影。我们无比沮丧，尤其怀念季节分明的过去。过去的不会重现，在我眼中，这个夏天显得如此漫长，充斥着不稳定、多变、意外与矛盾、焦虑与冲突、弱者的目光、底层的悲怜……如侵蚀的胶片，存留着不愿翻阅却必须面对的黑白片段。

　　风终于在夜间回来了。也许就像我祈祷的，秋天到了，天堂的光将降临！

被露水惊醒

在没有记完的蓝色笔记本中，我发现了一首写给于冬的诗。我再一次想起，有很长时间没联系于冬了。其实我是遗失了联系的方式，于冬，这位我儿时的伙伴，真就轻易地随着时间搁浅在记忆的海湾了。有人特意地在电话中谈起他去过的小镇——我和于冬的出生地，还有仍然存在的巷子，我内心顿时涌起莫名的感动。

关于那条巷子，于冬比我要熟悉。他早我降临于巷子，也迟于我离开。在我还不曾离开它的日子里，一天要去几次，去过多少次，现在心里没有一点数的概念了。在那座小镇上，巷子是最普通的那种露天巷，或窄或宽的天空和白云在巷子里生活的人们头顶晃来荡去。这类巷子就是小镇典型的肢体语言，但它们又因人们生活的变化各异，暗含乐趣与忧伤，藏着传奇和希望。

父亲单位的院子，我生活的地方，与那条露天巷仅一桥之遥。然而这之间的距离，仿佛隔开了一个宁静的村庄与迈步现代化的城镇，是泥土与水泥森林判别的标志。

说到那桥，因为有条小沟渠，宽不过五米，除了夏季镇电排站放水，平时沟渠里见不到水的影子，只有横七竖八的石块、垃圾。连接沟两岸的桥，只是简简单单的三块石预制板。三块石板，各自年代不同，其中一块坏了，还藕断丝连地耷拉在沟上方。另两块，一高一矮，一厚一薄，上面留着几只脚印，有人的，也有鸡和狗的。

我是露天巷里的常客。我的许多玩伴就住在这里。与于冬的第一次相遇也是在这里。出大院的铁门，走过三米宽的水泥街面，从那块"断桥"上颤颤悠悠地颠跑过去，就投进了巷子的怀抱。笔直的巷路，不足一百米长，我就那样笔直地走过去，要走过胡木匠家、傅篾匠家、弟弟的铁哥们儿刘鹏家、宗娱驰家、肖疯子家……有趣的是，从20世纪90年代初期，巷子两边的建筑风格已经呈现出不同。右边是一排高低不平的瓦顶房，老青瓦，独门独户，进深长，有天井。许多人家的天井里要养几盆花，栽一棵树。左边的房子也高低不平，但都是水泥结构的两层楼房，这边的前门和那边的后门打开，可以说话，是几户人家的主妇议论着天气、衣料和商品价格，也是建筑的现代与历史在交流，从早到晚，从春到冬。

离开露天巷的日子，记忆在时间里藏匿。只有巷子的夜晚伴随着玩过的游戏凸现出来。儿时的我们，喜欢这条静谧、和睦、亲切的巷子。在夜色的掩护下，我们从各自的家门溜出，溜进比夜更深的巷子，溜进孩子游戏的天地。巷子的每个犄角旮旯，都是我们无比熟悉的。那边有个石阶，是五级，哪儿有个躲人的缝隙，从这家穿过又从另户人家出来，捉迷藏、水枪战、弹弓仗……这些只有在夜色下、在巷子里，才叫人过瘾，才带来刺激，到今天还令人难忘。

而于冬，这个当时被我们看作有些智障的同龄人，他那双对子眼常使我们无端地发笑。他喜欢自言自语，他的动作笨拙，他总给大人提一些连我们也觉得幼稚的问题。他一个人在被我们远离时嘴里总是低声地叨唠着，那些句子我们听不懂，被戏称为"鸟语"。后来那新迁来喜欢养花的阿姨家的小女孩也受到牵连，我们喊他们的称谓变成了"鸟语""花香"。

然而于冬绵长的耐性从小就得到表现，他死缠着要加入到我们的"巷战"中，屡次失败又屡次把热脸贴过来。有一次得到大家的许可后，他显得无比的高兴，虽然那种高兴被压制在心底，脸上只表露出一丁点的端倪。而他在"大战告捷"之后说的那句"夜深不过巷子"，我们都听到了，并且听清楚了。我们都愣住了，因为不明白他要表达什么，可又不好意思问，只好囫囵吞枣地记着。那时已经读四年级的我，老师开始要求写日记，我在当晚的日记中据为己有地描述了这句话，第二天老师在这句话上画了一条力透纸背的波浪线，且获得作文范读的虚荣。我那时信心百倍地断定于冬将会成为诗人，因为只有诗人，才会说出这样的句子来。这是我尊敬的老师说的。

后来我勇敢地承认了"剽窃"的错误，让那句话的真正作者于冬成为学校老师交谈的焦点。现在回想，一个人大可不必为了满足一丁点的虚荣心而让心灵负重。我走出小镇后，和于冬保持着一段时间的直接来往。就是这个儿时被邻里们认为有智障的家伙，凭着一股子钻劲考进北方的一所大学，让大家狠吃一惊。他从大学里回来，下火车后的第一站就是我的单位宿舍，我在不远处静静地看着他提着包满头雾气地下车，眼睛"对"得厉害，四处搜索却看不见我，直到我挥手他那双仍然"对"的眼睛才会放松下来。我们常常交谈至深夜。我宁愿把这个叫于冬的家伙看作是真正的诗人，虽然他读大学时学的是机械，看似与诗歌毫不搭界，毕业后混迹于各个城市各种职业（有趣的是，这些职业与文化无关）之间。他喜欢文学阅读，写过诗但至今未拿出发表，据他说，曾在沿海某城市露宿街头。他的行为，不失为一位诗人的生活。诗人的生活是有气质的生活，这种气质隐藏在他的身体、动作、语言及与他相关的事件之中。

多年以后

在街头，我目睹

大树下酣睡的你

被一滴露水惊醒

惊醒的还有，灰尘覆盖的

记忆，和一条埋在深处的巷子

就像我从笔记本里发现的这首诗一样，我只剩下记忆，那么点记忆有时还感觉少得可怜。还有我对"惊醒"这个词语的崭新理解，意识，思想，身体，细胞……或者还有更多的惊醒。

现在我唯一能确定的是我们都与那条小巷分了手，到了外面更繁华、热闹的城市里，再也寻觅不到一处单纯的露天巷了。在声嘶力竭的忙碌中，不断地还有关于小镇巷子的消息传来，谁家的孩子考上大学了，哪个老人过世了，谁家的房子卖了……每次听到它们时，眼前又会浮现出巷子、石桥、夜晚，又会想起说话怪兮兮的于冬在那个晚上说的那句话：夜深不过巷子。在想的时间流逝之中，我仿佛看见于冬在街头的恬然酣睡中被一滴露水惊醒。那惊醒的模样依然与众不同。

影子纪念册

找个影子说话

谁会想到，你要在闹哄哄的街市上，在无数双脚板踩过各种式样品质不同的鞋子底下的水泥森林里找个影子。为了什么？仅是说说话。说是为了不说，不说其实是想说。你这么给我说，借助无形的电波，将你绵柔的声音传入我的耳里，像以前你习惯地趴伏在我耳根边的私喁。

你不知道我在偷偷地笑，笑你说话的幼稚。

一个人对着镜子龇牙咧嘴地与另一个人——别人不知道是你——只有我，语气里表现出的是安慰，又像是无法逃避的责任。

你说我把你甩在了远远的一个人的城市，一

座钢筋水泥架构的抽屉里。为了我的清静——思考的催化剂，我狠心。你这么跟我说，我丝毫没在意你的表情，当然我无法和你面对面，但我确实没有想象——放弃它——而我曾经多次拥它入眠。我真狠心。你的模样我竟然有些淡忘，仅凭一张压在桌底的照片没法让层峦叠嶂的记忆保存。

你那边吵闹的声音影响我们说话的气氛和质量，我提议是否可以选择一个合适的时机安静的处所。你坚决不予同意，你请求我别停止说话，这样你脆弱的心情会好受些。而我努力寻找拥有的理由说服你。我说时间会答应每一个人不过分的索求，退一步说，你只是想找个影子说话。大白天，也许不尽可能，那么，等待夜幕降临，影子会回答你的声音。

水中的影子，森林的影子，建筑的影子，都是大地的影子，它们在夜晚将醒来。

一切准备好了。黑色的布幔在周遭铺开，只要你扯动悬在头顶的绳索，布幔会后退三尺，那么多人同时扯动绳索，布幔就互相挤压着、萎缩着、撕扯着……人类制造的灯光是影子的演出道具，但是你，已经看到了，白色的墙壁上，看见一个影子，阴性的。你晃动，她也动；你张嘴，她也张嘴；你走开，她也走开。事情如你所愿，你仍然愁眉不展，影子只有动作，没有语言，更没有思想。

你的喋喋不休令我生气，想要躲避，而你如影相随。我想严肃地叫你明白，你的初衷已构成错误。你在幻想着：

两个或者三个衣装相貌一模一样的你，在一间光线暗淡的房间里，在构成三角形的三个点的位置盘腿而坐，互叙往事。若不是从动作和神态的微异处，你们无从分辨。你们津津乐道，偶有沉思，欢笑与哭泣的痕迹在脸上了无踪影，以至旁人莫名其妙，而坐在中央的你心满意足。

我要你学会抗衡，与害怕的寂寞，与敏感的疑窦、复杂的恐惧。读一本情节柔和的小说，听两曲旋律稳健的钢琴，拿出你沾染灰尘的画布，临摹一幅洒满阳光的油画……当你进入某种角色，你就开始了与影子说话。

你不动声色地望着我，那种眼神我至今难忘，似乎要深入我的骨髓，探究我思想里真正的意图。

嘲弄。在我自以为苦口婆心的过程里，你给我的态度概括为"嘲弄"二字。我决心拒绝与你继续交流，中止头脑里你对我的心理分析。有人敲我的门，我明确告诉你，我要下楼开门，从而终止你漫无头绪的纠缠。

在那个午后的炎热里，你端坐如瓷像，直到日头西沉，你决然站起，拂袖而去。你坚定而执着的步伐意在告诉世俗的我，你会找到一个心爱的影子说话，并且是促膝、秉烛，长谈至黎明。

我微笑着与你挥手，说些不阴不阳的话语。你清楚我习惯于如此自我解嘲，聊以自慰，因为你映在我眼中的是一个无限高大无限清晰的影子。

之后的日子渐渐地断了你的音讯，我想象成是你怒气未消，其实我们无从联系。而另一位将走遍祖国山川河流当作宏愿的我们共同的朋友要出远门了（你们关系的亲密度不言自明），我给他送行，他只有在需要我时才允许彼此相见。在相当长的一段时间，我和他无法以任何一种通讯方式见面、听到对方的声音，就像我们。他说，你送别我，我也在送别你。我们相视一笑，笑意在头顶的天空漾开，飘向远方。

他要借我之口与你告别，并托我转交给你一只方方正正的纸盒子，好生照顾。你猜得着吗？看到它，你会想起他和你们的过去。是他的原话被我在此转述。没打开盒子我已知道是他心爱的"昆虫之家"，我们心里都清楚他可怜兮兮的嗜好，他是个蝴蝶迷。我偷窥一眼，他的表情暧昧（我曾经向他索要而不得），我说，终于到了你抛妻别子的时候了（他说过这些是他的妻儿）。我们相视一笑，笑意在各自的心中打着旋涡，找不到落点。

那，现在开始——在我未能与你取得联系之前，我肩负他交予我的使命。

蝴　　蝶

蝴蝶飞在外面的世界，迟迟没有回家。

夜幕快拉下了，天空好像随时有泪水要夺眶而出，又一直努力地掩抑着掉泪的心情。

我推开门，打算趁着朦胧的夜光，去寻找她

的归来。

　　风起了，夹着斜斜的细细的雨丝。风雨伤人，她薄薄的双翼又怎能承受住水滴的重量，这真叫人担心。我上哪儿能找到她呢？这调皮的小精灵。

　　我决定去一家私人花园，然后又打消这个念头。那里戒备森严，没有邀请不可擅入，她又怎会去那里？她是停歇在人家的屋檐下，是畏缩地躲在窗台，还是流连于嬉戏之所？世界这么大，她又那么小。她会去哪里呢？她五彩斑斓的衣饰被浓浓的夜色吞没了，再好的视力对"寻找"是毫无用处的。

　　我无计可施。我只好决定在下一个左拐口处呼喊她的名字，希望声音穿透夜的硕大手掌，震动她的耳膜，牵动她的心——回家吧。

　　我的声音她却并不熟悉，在一个黑夜里，有谁会对一个陌生的声音在意？呼喊她的名字的声音是带给她犹疑还是温暖？是坚定她回家的信心，指给迷失了路的她正确的方向，还是使她战栗恐惧黑夜里发出的奇怪的响动，更加害怕，更加躲在暗处，更加无处可寻？

但无论如何我都是应该呼喊的，呼喊是我的责任。即使是在黑夜，在细雨中，在虚无中，呼喊将会是一丝希望，一盏灯火，一缕炊烟……呼喊将会带来蝴蝶的影子，这是我盼望的。

"蝴蝶蝶蝶，蝶——蝶——蝶——蝶……"

一，二，在心里默数"三"时，我的嘴里蹦出一个名字，一个独特的名字。我感觉到声音变了，不像是自己的，我的喉结上下滚动了一下，一个名字被活生生地吞了下去，又一个名字飞了出来。名字在空中有翩翩的动感。

"蝶——蝶——蝶——蝶……"

我听到声音的回响。嗡嗡嗡的一大片，挤进我的耳朵。是我的声音在空中盘旋，还是在另外许多地方有许多和我一样呼喊的人？我感到呼喊的声音越来越大，在空中飞翔的时间越来越长，和我一起呼喊的人越来越多。

那些声音像是和我叫着阵，我的心情从而焦急。她的无影无踪无声无息，只会加剧一个人的忧心忡忡，我想凭着灵敏的鼻息在空气中获得些她的味道，却失败了。泥土厚重的潮湿气息，垃圾堆里的腐朽气息，女人身体的脂粉气息和彩色灯光散射的暧昧气息笼罩在我的周围。

大街上穿行的人影渐近杳无。偶尔露面的两三个从我的身边一闪即逝，互相看不见对方清晰的面容，人们的脚步总是匆忙，对我的行端如此淡然。

雨丝在我的发梢凝聚成一滴滴水珠，从我的睫毛到鼻尖，润湿我的皮肤，没有一滴成功地落到地上，我的身体就是她们的归宿。

地上的泥浆被我的鞋跟带起，溅在裤管上，像是一位国画家，一笔一笔随意地涂抹出几枚好看的花朵。

街上的灯光忽闪忽闪的。黑一块白一块，一段段光亮与一段段黑暗交错。路灯总是那么有趣，当我呼喊的声音响起时，它就亮了。我的影子就极不稳定地在暗淡的光圈下动荡。

我一路走着，对寻找蝴蝶的结果茫然又茫然。当我想着我该怎么办，我是惶惑的。我对她的担心已在脑海中设计了一千种结局，每一种结局各自占据着渺小的千分之一。

突然间，我发现，我又回到原先的起点。一个暂时称作"家"的地方，那里亮着温馨祥和的光，透过低矮的木窗，将雨夜照亮。我是绕着寻找的地方走了一圈。

我似乎知道有人来过，在我寻找蝴蝶的时间里。我推开门，一眼就看见并证实了我的预感。蝴蝶躺在书桌上，翅翼湿了，湿得很透。她偶尔抖动一下，又无力地停下来，她害怕，又无计可施。她忧凄的眼神和我撞个满怀。

幸好，她没有死，她没有受伤。

我把台灯的光拧到最亮，希望让她感到温暖些。我取出花瓶里的一枝黄玫瑰一枝红玫瑰，撕下十多片花瓣，铺成一张镶着金边的红色花床，然后轻轻扶她躺了上去。我小心翼翼的，怕弄疼了她。我到处寻找一张薄宣纸，吸干她翅翼上的水分。她累了，肯定累得够呛，在我完成对她的帮助过程里，她已经悄然入睡了。我想她现在一定舒服多了。

我看着她，美丽的脸庞有了安详的神态；

我看着她，这只是一个影子独特的睡眠。

好了，关于蝴蝶我只是写到这里，正像《新约》所言极是，一粒种子如果不死于土地里，就永远是一颗，反之则能变为无数。那蝴蝶标本一直静静地躺在我关闭的抽屉里就永远只是一只，而那个飞行的夜晚是否给世界留下无数的"蝴蝶"呢？作为读者——与我一起寻找蝴蝶的你——应该明白。蝴蝶标本一直静静地躺在我从未开启的抽屉里。

河流的影子

我想方设法地打听着关于这条河流的一切消息。我守了它一个四季的轮回，想象着它的一声言语，一次骚动，一只鱼虾，一缕水草和河底的一块沙石。

外面开始下雪，沸沸扬扬的人群聚拢，又散遁。雪将在时间的某一刻度上暂时性地覆盖世界的"裸"。我们看见，雪盖住了路，房顶，树冠，闲逛者的黑发丛……以及我身边的这条干涸的河流。

如果允许时间回推一千年，河流被人们称作是傍临城市的母亲河。在杜甫的时代，河面最宽处达到二十里，不，当时它叫江。另外一条今天的江和它相比，只是一条小溪，然而不再叫江的河成了今天叫江的最后一条支流。

纺织厂、油脂厂、面粉厂、化工厂林林总总地排立于河的两岸，它们繁荣了这座城市的工业，从萌芽到成长到萎灭。河是它们的见证者。也正是这些大大小小的工厂没有节制的污染排放，还有生活于河两岸棚户区的底层工人们，改变了河的面目。河面上一片片菜叶一块块漂浮的油污一张张五彩缤纷的纸，仿佛是一张清纯的笑脸随意被涂抹上沉甸甸的没有美感的油彩。

河上有桥。桥很多，石头木头钢铁，有建设许可证的有临时搭建的，有的宽有的窄有的气派有的萎缩。桥横跨在河面上，连接着城市两岸人们的视线。站在桥下看风景的人正被看风景的人在桥上看着。桥上卖什么的都有，用手推车摆放着的茶叶蛋，冒着腾腾热气的辣豆腐干；还有鞋垫、梳子、发夹、手机套、BB 机外壳、黑色居多的廉价太阳眼镜、五花八门美女林立的几年前的时尚杂志；还有桥栏杆上晒着的花花绿绿的布面套着的棉被……

还有那个老头，乞讨为生，早晨站东边，傍晚时移到了西边，他像太阳的影子一样悄悄挪移，与从桥上走过的人们默视一天又一天。

一只只货船从桥下缓缓滑过，在甲板上玩的船家儿子会在桥洞下大声喊叫，"你好吗""噢，喂"，幼稚的声音在桥洞下荡漾，混着桥上茶叶蛋飘起的香料味，化成河面上的一圈圈波纹。船从早到晚地穿梭于河上，满载货物或者是城市的垃圾，从一个个桥洞下过去，又从一个个桥洞下回来。

要告诉你的不止这些，还有一个全副武装、头发蓬松但有型、蓄着八字胡的中年摄影师。中年摄影师扛着机器在河边折腾了多长时间，没有谁知道，也许连他自己也忘了。有时他支好架子，调拨好照相机，守在河边某一个地点，却一张照片也没有拍，他像是在等待某个人，人没有来。夜幕拉下来了，他又收好机器，扛着走了。明天还要来。他是走回城市的喧哗里，还是走回河岸某个黑棚子里，没有人跟踪他，便没有人知道他的来去。在那么个春暖花开的早晨他来了，拍了一张"河的早晨"。在河边的一个公用自来水龙头周围，一些正在刷牙洗脸、取水和等待着的人们，聚在他的胶片里。胶片中心是一个年轻的女子，梳理着齐臀的长发，在晨曦中淡淡的影子似乎投在了河中央。"真美!"摄影师发自内心地赞叹道。中年摄影师心情舒畅的微笑告诉大家他是一个记录者，忠实地记录着河的一切和与河为邻的人们的影子。

城市的喧嚣像掷进河里的石头，沉入水底就不再有机会浮上来。城市人的日常生活是沿着河两侧日复一日地变化着的。我常常为想象这条河流而兴奋，又迷惘地思考着，到底是河流穿过城市，还是城市穿过了河流?

城市的身影在河流的污浊里走来走去。城市的人们，南来北往冬去春来的客居者们，将喜怒哀乐连同真实的垃圾倾入了河流，河总是以母亲宽大的胸怀容纳它们，沉淀它们，冲走它们。它们也将河流冲走。

与河为邻的生活，在昨天是棚户区，也许明天醒来，在这里生活成了昂贵的消费。时间会在未来改变或者已经在改变它的一切，不仅仅是河流本身，还有河两岸人们的起居、生存状态。这种改变一点一滴，而在很长一段时间之后，人们会惊讶地发现，河流的改变翻天覆地。那时，人们想怀旧，只有去寻找那位中年摄影师和他的胶片，帮助找回记忆。我于是懂得了摄影师生活的含义——用光与影，将真实留住。

"送别"摄影师，半夜被窗外的雪声惊醒，雪多次成为记忆的发酵物。我欣喜地想象着丰厚的雪景在明早推开门窗后的呈现。我揿下灯的开关，记忆像光一样浮在了黑暗中，我唠叨追寻的这条河流，有一个听上去很古老的名字。这也是一部有名的地下电影的名字，在影片里，河流像我的絮叨一样，喋喋不休地讲述着一桩与穿过城市的河流有关的凄美爱情。

不是结束

有一段时间里，我害怕夜晚的降临。电话铃声的响起，风与树枝制造出的巨大阵势，雨的无休无止，和人谈到与影子有关的物体和故事。

影子是角斗的后遗症。这曾是我在一篇文章开首写下的，印象深刻，刀锉也无法磨灭。

哪一个写作者不是在与影子说着话呢？这种说话比得上一场无声的决斗。我深刻地洞悉这个道理，仍然被丢弃在深夜眺望，望什么望见什么我一无所知，我想到一个人行色匆忙内心焦急却走不出迷宫看不到曙光。这难道不使人想到卡夫卡笔下那个叫 K 的银行襄理，在采石场被两个不明身份的男人置于死地时，银色的月光洒满大地，纯洁，宁静，是其他光线所没有的。他被一柄又长又薄两面开刃的刀所结果，而他的耻辱像那个夜晚许多或有或无的影子留于大地之上。曾经痛苦过的卡夫卡于是对自己的影子无可奈何却满不在乎地说："一个人写作的时候，会有许多虚伪的手伸过来。"他终于明白后，或许为时已晚，只有在遗嘱（一张卡片式的纸条）上说：

我的遗嘱很简单——请你帮我把所有的一切都焚毁。

口气真是狂妄。结果往往意想不到，他的作品一版再版，众多断章和没有结束的文字也被人研究和捧读。卡夫卡把他的影子聪明地与文字混合，合二而一。而现代人们喜欢追逐虚无的影子并以不懈努力的姿态挖掘着。

还有博尔赫斯，这个糟老头子——无论什么时刻我总如此称呼，我喜欢——他双目几近失明，却还在一座被书本瓜分了阳光的图书迷宫里窸窸窣窣地摸爬着，他的这点爱好也许同我小时候在泥土里打滚一个模样。他像一只不息劳作的蚂蚁，在他的世界里，面对强大数百倍数千倍的庞然大概念，蚂蚁还是会说，我再微小，但我有影子。听起来好笑，但这都是这个糟老头子惯用的伎俩。比如他会说："……不幸，世界是现实的；而我，不幸却是博尔赫斯。""时间永远分岔，通向无数的将来。在将来某个时刻，我成为您的敌人。"就喜欢这样的句子，让你琢磨，两个晚上的时间还嫌少。糟老头子还在设想，天堂应该是图书馆的式样。了不得，想得多好，读书人要咧开嘴哈哧哈哧地乐了。可就这，我们连想象的力气都被夜半歌声和柔媚的笑给剥夺了。

时日总不是一个像我这样的平庸人所能浪费得起的。即使我们告诉糟老头子我们很勤勉，不乏灵气，也有经验，但他还是会置之不理，推我们出门，令人失望。即使我们对他追赶的东西质疑，也毫无结果。因为他——幸运的是博尔赫斯。

生活即这样。我一如既往地面对俗事俗人自己的风俗，但见什么人说什么话可以改变了吧，考虑到了一个办法，找个影子说说话如何，多方便，多深入，高兴一起分享，即使生气，到明早上全忘了。我想的似乎是这么回事，可真的如此这般？对着影子，唱支山歌，不是唱给别人听，是自己珍藏。这一时刻是幸福与值得珍惜的。这一时刻一个人会浮起多种复杂图像：古罗马的圆顶城堡是魔鬼的面容，长着两撇大胡子的圣母玛利亚，李白和猿牵手蹒跚在流放途中，微弱的烛光熏染天空黄色的云彩，江湖凶杀鲜血遍流荒野花草茂盛，这些被以影子形式呈现的图像短暂且容易破碎。破碎即结束。

是的，任何事情都会结束又不会有个真正的结束。结束又是另一个新的开始。

哪一个写作者不是在与影子说着话呢？我痴迷于这样的叙述。在我说完上面与影子相关的物与事之后，我是否可以暂且与影子挥手道别，睡一个蝴蝶式的好觉？

光在暗处说，明天真美！影子在明处说，我们的夜晚永不眠！

咖啡之味

咖啡的"咖"

　　我要谈到的是咖啡，毋庸置疑。

　　与咖啡有关的这个女人，从她九岁那年夏天吃到第一颗省城亲戚带来的咖啡糖后，"咖啡"这个词语就狠狠地钉在了脑子里，像一个观念蒂固根深。那整个上午，阳光扑打着每一件它够得着的事物的脸和背，巷子里的风撩起她的长发，光芒落在黑发丛中如同琴键上手指的跳跃。而就在偏僻的小镇那几条可以数得着的横七竖八的巷道里，她嘴里含着糖穿梭着，不张开嘴与人招呼，只是微笑。

　　她的舌蕾对那颗咖啡糖经过唾液和牙齿的磨

合后散发出的浓重的苦甜味异常敏感起来。这是一种多么独特的她所从未接触到的味道。以致在过后的几天里，对另外的食物她毫无感觉，口腔里保留着她深刻地记下来的"咖啡"这个词语的气味。一个词语也是有气味的。

她有意识地凑近伙伴的鼻子，小心翼翼地张开嘴巴，只有一条细缝，只用缓缓地吹气，每一个伙伴便都兴奋起来。她就是用这种方式让每一个与她好的伙伴"品尝"咖啡糖的味道。她们接受了，仿佛那呼出的一缕看不见的气体就是那漂亮包装纸里的东西。从没呼吸过这种气味也没尝过的孩子们，也开始了对一粒糖、一个词语的向往。

那缕气体从她两片薄薄的唇之间溜出来，也被唇拦腰截断，立刻将另一个人的嗅觉吸引。她站在那里，嘴角挂着诡秘的笑。她的尊容在长大成人之后仍然保持着那不易察觉的诡秘的笑。如同普鲁斯特对"小玛德莱娜"糕点的迷恋，她对咖啡的热爱成为一个小女孩心中的理想。

多年以后，当她成为这座安静的城市一角的

咖啡厅老板，在许多兴奋不已的夜晚迎来认识或更多不认识的顾客捧场。上下两层一百多平方面积的空间里，一股暗中涌动的热气体使她热泪盈眶。她像一只屋顶上在冷风中蜷缩的猫，圆睁着眼睛扫射着那些正面侧面背面的男女。那颗咖啡糖带来的梦想，变成了吧台后面、包厢间的眼泪。

在她九岁那年冬天下第一场雪的时候，她在那个偏僻的小镇，唯一一条通往县城的公路边等着亲戚允诺的腊月来临，等待一袋咖啡糖在新年的早晨出现。不久亲戚的意外身亡将这一泡影砸碎，直到她十年后离开家乡走进城市。她在城市的奋斗来自真实的奋斗，没有拔高她的位置，她以几乎绝望的心态离开这里，而又在几年后回到这座离开后便产生亲切感的地方。任何人总想在原初的奋斗地结束一个人失败的历史。她的腰包鼓噪，众多认识不认识的朋友被圈进来，在咖啡厅、茶吧、酒店的杯光灯影下她以另一种姿态来主宰城市和自己的生活。这些躲藏着她身体的秘密的钱，在加速着市场的流通后也修饰着她的容貌和传奇。而每一座城市都包藏着诸多传奇，她的是算不上显赫的那种。

"咖啡开花"——在某画家极具现代性的灯箱作品上方，这个以她的身份注册的咖啡厅闪烁的灯光，终于加入到城市妩媚的夜晚之中。她把它想象成一朵永远盛开的诱惑力十足的罂粟，她像第一次接触异性身体那样激动与紧张。

一群朋友在最大的包厢里喝着最昂贵的咖啡，以几近疯狂的打闹，发出最响亮的笑声叫声扑面而来，盖过音乐，盖过悄悄躲在洗手间流泪的她的一声尖厉叫喊。从胸腔里奔放出的声音，这么简单这么迅疾就被淹没，她没有意识到悲哀而是转身用高级纸巾小心翼翼地拭去眼角的痕迹。一拭而现的鱼尾纹沟深深浅浅的，这是时间的勾勒。她熟练地修补后，神采飞扬地经过那条灯光幽暗的过道，重新投入到一群神态各异的面孔中。

天色昏暗下来，咖啡厅里的音乐轻缓地流动，那个站在豪华公用洗手间的大镜子前细心修饰的女人，几乎总在相同的时刻重复这些动作。她坐在你对面。即使是细密的纹路，在灯光下也早已隐匿。那些具有年龄特征的细部和常年喝咖啡留下的暗物质，被掩盖在时间和女人的手的动作里。夜幕下的女人都是美丽的。

她最喜欢的就是和你聊咖啡、聊星座。你不可能把她看成一个单纯只为实现梦想只是有一个小女子的物质虚荣的女人。在聊天的过程中，她的眼神流转，她的姿势优雅。仿佛她的一生就是在夜晚在咖啡的世界伸展。

她常常举起手中晶莹的细钢勺，搅拌着那一杯浓密的液体。

我是生活在海洋里的双鱼座。她总是以这一句作开场白。她的眼睛不直视你，而是盯着你额头及以上的地方。我融合着多重的矛盾与冲突，温和、软弱、幻想、敏感集于一身，我是半天使半魔鬼的综合体。双鱼座的人天生对醇酒美食没有抵抗的能力，特别容易沉溺于某种嗜好上，即使是咖啡，也很容易酗喝成瘾。我现在最喜欢喝最温和的法式牛奶咖啡。你呢？

如果你是一个不懂咖啡的人，那么从她嘴里相继吐出的词句充满着陌生和新奇。拿铁、卡布其诺、维也纳、欧蕾、意式浓缩、摩卡基诺、夏威夷……法式牛奶咖啡很容易做，二分之一的热牛奶兑上二分之一的纯咖啡。温柔的牛奶大大减轻了咖啡因的杀伤力。

这是一个对咖啡真正无比热爱的女人。她对你的星座、你选择的咖啡叙述得头头是道。她对艺术、服饰、装置有独到的理解与品位。她以一句半魔幻半谶语式的话结束：个性非常直接地反映在你的星座象征和你对咖啡的选择上。

我们只有微笑地点头。这是认同或者厌倦，心知肚明。

她仍然在两座城市之间穿梭。别人对她的了解就到咖啡止住。众多青年男女慕名而来无非是想面对传闻中那张美丽的脸和听一听与自己有关的咖啡选择。

对于那座城市里关于她的行踪，是一个迷宫。她的独来独往守住了那个秘密。但她不断地对"咖啡开花"布置着新的内容。这里不断有从沿海的城市搬来的新艺术品和经过她翻新的造型，花样迭出也造就了她的知名度，造就了另一个秘密。当一个女人显示出一种富有，也抛出了无数谜团。

在某些日子里她异常开心，有时莫名低落。像一个孩子，她的情绪就成为一些人关注的焦点。焦点背后的故事像飘飞的落叶，被"咖啡开花"的灯光击溃。在她这里，某些男人置换了角色，他们细声细气地议论着她的大方富有和姿色，以陪她度过一个隐蔽的夜晚为荣。在这座安静的城市，她的声音无疑会在某天嘈杂起来。有关她有关"咖啡开花"有关隐私也像准时亮起的灯火一样通明，还有她的泪水她的尖厉叫声她的行踪，在他人的头脑中虚构着无数的悲欢和暴力。一个需要刺激的时代被她拒绝，她的收敛和谨慎从事愈来愈令人心烦意乱。这不应该是这样一个女人的行为。

她在去年冬天离开这里。她把"咖啡开花"转给另一个声名狼藉的女人。于是我们看到一个纯艺术的"咖啡开花"变向了通俗。她离开的原因无人知晓，许多人仍然按时或不定期地去咖啡厅坐坐，喝她曾经指明的某种咖啡。已经有很多人习惯了对应着自己的星座来寻找合适的咖啡品种。处女座的是玛莎克兰，狮子座的是黄金，天秤座的是维也纳，摩羯座的是曼特宁，水瓶座的是摩卡可可……

她成为一种象征躲在"咖啡开花"的暗影里，直到许多的时间来验证这个不复存在的女人的离开。更多关于离开的说法是那座城市的某个男人，她身体的支配者和"咖啡开花"的后台，不习惯她在这里的作为。他嫉妒她利用他而成为众多男人的追求者。他希望她成为别墅里豪华装饰的一只雀。她的梳妆打扮只属于一个没有时间归属的男人已经众所周知。许多的秘密其实是不愿意捅穿那张纸而成为秘密。

女人的身体能创造一个神话，也能毁灭一个传奇。

这是我们都经历过的 1999 年，有关她，有关一颗咖啡糖带来的梦想，有关"咖啡开花"里发生过的一切，在叙述者的嘴里是否能成为永久。

咖啡的"啡"

这个人也许永远不回来了，也许明天回来！像这句被模仿了无数次的话，她给我们的疑惑就到这个句子为止。

而我和我们，依然生活在"咖啡开花"的城市中。离开那个与女人、咖啡有关的故事许多日子之后，我发现还没有到忘记得一干二净的地步。时间又滑动到一个新的刻度。时间又滑动到另一个人的身边。

原本有许多的日子我们可以选择坐到一块儿，但她——另一个与上述无关的女孩，要年轻要单纯，也经历过生活的简单磨炼，在 2 月 14 日这天，特意从一百七十多公里外的城市赶来。在暮色浓密情侣们倾巢出动涌上街头时，我们坐在"上岛咖啡"的一道半弧形的卡座里。而那个"咖啡开花"的地点，被某房地产商购买后整体规划成一处商贸地，那声名狼藉的女人像抛弃一个男人那样丢下了它。

在"上岛"，B7号台。记住了这个台号，是因为在这个晚上特别安排的游艺节目中我们幸运地得到了鲜花和掌声。大厅里坐在鹅黄色灯光下唱《月亮代表我的心》的短发女歌手离我们最近，歌声却离我们最远。在歌声的间隔里听得到她的喘气声，看见她自我陶醉时眼角羞涩的纹路。

我们四个人。我是唯一的男性。很有意思的是，她们各自代表着现代生活中的一种角色。一个刚刚痛苦地走出婚姻城堡，一个结婚才一个月，另一个经历过几次失恋还对婚姻充满着幻想。而我，只是三点之外需要增加的一个稳固点。

三个女人在今天晚上的"演出"中台词不多，很沉默地谦逊地往对方的煲仔饭钵里夹菜，举起手中的透明玻璃杯在空中画出一道优美的弧线然后送到修饰过的唇边。在这个动作过程中，眼神参与进来起着暗示的作用。三个视角的交叉，三道视线的交合。我不知道该说些什么，素来不善言辞的我被邀请来的目的是见这个刚办完离婚手续不久的女人。我们认识很长时间了，但第一次坐在流动着各种气息的咖啡厅里，在情人节的夜晚，以一种尴尬的状态。

这种状态制造出心里的不安。

我熟悉的远道而来的她，在一所师范大学自费读书考研，为此放弃了一份稳定且收入可观的工作。这是现实社会里一个怀着理想的人常常选择的方式。为了驱赶睡眠，啃读那些厚本枯燥的考试书籍，她习惯了咖啡。一种叫雀巢的速溶咖啡。我的眼睛停留在她的脸上，刚好有一束淡黄色的光斜着落在她肩上。她的脸随着身体的摆动而沉浮在光中，那些因长期劳累及饮咖啡留下的褐色物质对一个女孩做了无情的标记。而我的思绪则飞速地跑动，在大街上在过去的"咖啡开花"在她租居的狭小房间里。那间靠着大学的某处住所，隐藏在弯曲的小巷弄里，床、书、日常用品拥挤地以各种姿势躺在寂静的空气里。咖啡，在发亮的勺子里，从固体状态转移到液体中。咖啡溶解的声音在她翻动书页的动作中荡开。一双时间的手正悄然地从她的身体里搬运着什么。

我内心一阵恐慌，渴望着离开，或者静。安静是不可能的。周围的声响密密匝匝地拥抱过来，像一个人对另一个的羞辱。调皮的羞辱，缓缓跑过。有一阵风掀动她的刘海，把某个幻象赶出眼球。从何时开始，我们互相回避了视线的碰撞。我不知道我们的眼睛与心灵看到了什么。

B7 号的三个女人与一个年轻男子。是否在周围众多各怀心事的眼神里发现了这个简单的秘密意味着什么。我们不喝咖啡他们在喝。我们不说话他们在说。我们的模样包括姿态看上去那么普通而又与众不同。在我们桌上的鲜花与桃形的卡片里，摆放着一壶夏威夷咖啡和一颗潮湿的心。某个日子我们四人中的某一个意外地看到文字或抽象的画面中雕刻着这个夜晚的 B7 号台，有些熟悉似在昨日。而多数日子后，在记忆中，"他们的眼睛，他们那炯炯有神的古代眼睛，写着欢乐"。看到的他们的欢乐，却丝毫没被感染。

会不会有个意外在我们似是而非的期待中发生？

桌上摆着的四杯咖啡倾倒自一壶夏威夷，我看得见壶顶上方的热气体渐趋微息。为了表达对一个人的同情，我们虚伪地将嘴闭住。

　　停电。无法判别是人为还是短路了。光芒从我们身边逃离如此快捷。我们得慢慢来学会适应黑暗，适应一颗蠢动的心怎样被理智压制着千万别碰到黑暗中的芬芳。在黑色里，在一瞬间变得那么静谧，声音消失像耳膜的故障。我伸手不见五指，我听到她和她们的呼吸声，起伏的频率、速度越来越趋向于密集，暴雨打在芭蕉叶在湖面在硬塑雨棚在手掌心在一辆疾驰的车顶上，声音在暗色里冒出。

　　时间会帮助任何一个人摆脱或制造所谓的困境。我送她们中的一个走，到门口，招手的士，付钱，挥手示意告别。我又送她们中的一个走，到门口，招手的士，付钱，挥手示意告别。还有一个留下来，陪我那剩下的短暂之夜。一切都是短暂的。时间，道路，动作，歌声，快感，爱情，不要企图能变漫长、遥远、清晰、明亮。像桌上的四杯咖啡，杯口对着陌生的灯光，晶莹的瓷把手和咖啡一起冰凉。

停电。停电是设计的节目。那个蹿出来的新声音是中年男子的浑厚作品，他带来灯火的熄灭是为了渲染并制造某种情绪，他想带给这里所有人今晚快乐的念头在一长串舌头搅拌之后获得明确，有的人欢呼有的人茫然。不知不觉中女歌手偷偷溜之大吉，是会她的情人、老同学、领导？她的歌声赶着场子在城市的角落里飘荡，无人带到大街上。她的身体像灿烂的夜之花在遍地开放，趁着青春期的即将退场留一张风花的证明。这是鱼尾纹的可怜，在众目睽睽中她爱上了自己的歌声甚过身体却听不到歌声。

在 2 月 14 日浓情蜜意的夜晚，我拿起那个脸上爬满暗物质却依然在我心中漂亮着的女孩的手机，在黑暗占领的时间里给自己发了条简单的语音短信。第一次用语音短信，手机的屏幕光照亮了我的眼睛，在商家免费的季节里，需要短信的对象太多，只剩下自己最孤独。也许是这天通信线路无比拥挤，我很迟才收到它而且一直没有把它打开。我想从另一种媒介听自己的声音却不能，于是这个短信连同与咖啡在一起的夜晚成了我梦里的一只盛满秘密的透明匣子。

咖啡，咖啡

被露水惊醒◎

在阿拉伯的古文献上可以看到 11 世纪初期与咖啡有关的记载。该地区是将咖啡生豆晒干了再煎煮后当胃药喝的，意外中发现咖啡具有提神醒脑的良好效果。再加上伊斯兰教戒律苛严，禁止喝酒，伊斯兰教徒们便用烘焙后熬出来的汁液取代酒类成为兴奋性饮料。据说当地人懂得使用烘焙咖啡豆，已是 13 世纪后的事情了。此种相当于咖啡前身的黑色饮料，当时的煮法是先将生豆晒干，再烘焙，以杵捣碎，加水熬煮后，待残渣沉淀，饮用上层透明部分。以伊斯兰教圣地麦加为中心，先由阿拉伯传至埃及，再传至叙利亚、伊朗、土耳其等国家。

在这段被人用红笔圈点的文字旁有一行蓝色

小字——咖啡因宗教的渗透而渗透。

　　而此时深夜中的我，正在朝另一种渗透迈进。一个人面对热气停止升腾的咖啡，白色的咖啡杯，小巧玲珑的瓷勺。闭上眼我可以把自己想象成坐在一个陌生的咖啡馆里忧郁的人，睁开眼我只是待在自己租借的狭小旧宅里。我的嗅觉听觉视觉几乎失去该有的效用，陷入，只有陷入才能帮助自己摆脱。

　　在有关"饮"的生活中咖啡要占据几分之几，百分之几，还是万分之几？多次我想要就这个关键词做一次随意的调查，我奇怪着为什么要保持着对生活的警惕性。而其导致的后果是在憧憬与惊恐之间不停地转换角色。我怀疑——一直怀疑着叙述的意义。任何刻骨铭心的叙述都极易产生幻觉，将一个人引领进异地，就像面对咖啡，我说或者不说，都不会带走它本身的意义。

词 变 奏

镜　子

一个人不会无缘无故地想起一个陌生的词语。就像我把手插在口袋里回忆，脚趾紧贴内心。

那么从镜子开始，我是那个梦想成为镜子的人。这种梦想有时也令自己莫名其妙，就好像我坚定地相信任何事物都能在镜子里得到反映。我自作主张地把自己当成镜子。镜子的功能不只限于照见，而且能够陈述。镜子走在路上在许多地方遇见许多人，于是在心中有了叙述的欲望。镜子的叙述绝不类同于法庭之上的义正词严，它是平等、轻松、真实并且充分表达的。

是的，每个人都有一面看不见的镜子悬挂于

身体之外，需要照见来证明，叙述来补充。

坐在镜子面前，你必须诚实。诚实此时是你头顶的达摩克利斯剑，镜子能看见一个人的灵魂是否鲜活、具体和平静。比如一个场景：房间里，座椅，人，镜子，堆得老高的陈年杂志，静默地对峙。在镜子的背后，是否有人等待，滔滔不绝地论辩，推心置腹地倾诉。从镜子里看得到房间每一件事物的举动，可它本身与陈述无关。镜子只是一个强大的记录者。记录的再现就是一次陈述的真实与否。

慢慢走过来，镜子望着你暗淡的眼睛。镜子里首先映现的是那一枚刻骨铭心的刀疤。刀疤足有两寸长，堆在左额上，像一条鲜艳的蚯蚓潜伏着。在它的面前是否隐蔽着另一个敌人。刀疤是叛逆的标志？或者耻辱的象征？还是一场意外的教训总结？没有人清楚其中的猫腻。

假定有这样一个时刻，一个心情，在某种力量的驱逐下，刀疤的拥有者——我坐在夜晚的镜子前讲述。我的语气平静，不像是经历过风浪的人，更不像我的刀疤代表着我的身份不详。我缓缓地说我将死在自己的迷宫里。而那个双眼近视得几乎瞎死的老人是这样开始叙述的：

他脸上有一条险恶的伤疤，一道灰色的、几乎不间断的弧线，从一侧太阳穴横贯到另一侧的颧骨。他的真实姓名无关紧要……

我承认这种叙述更能激起某种埋在骨子深处的欲望，或者说是将一摊死水搅拌起底层的腥味。谁也无法带走欲望，谁都必须忍受腥味无休止地钻入鼻孔，钻入心灵的细小裂缝里。

镜子帮助我们窥视心灵。那个犹大式的人物，在南方的庄园里淹没了自己的过去。在革命的年代，在牺牲的光荣号召里，他背叛了自己的誓言。他曾经靠辩证唯物论指点每件事情，断言胜利的是真正的革命者，他的腔调不容置疑，他像是发号施令的长官。在黑色风暴来临之前，他成为一个把革命者推向敌人枪口的告密者，告密者领取了赏钱和伤疤逃离射击模型人的现场。伤疤就成了革命者留在世间的纪念。

在最后，老人喃喃地说：

难道你没有看到我脸上带着卑鄙的印记吗？

我用这种方式讲故事，为的是让你能从头听到尾。我告发了庇护我的人，我就是文森特·穆恩。现在，你蔑视我吧。

让我们开始蔑视。而蔑视又能在内心存储多久？其实这种叙述是镜子不满意的，太断章取义，太简单呆板，太晦涩难懂。我不是酒醉后的胡言乱语。每个人都有自己的表达习惯，面对镜子，一个空洞的物象，一个巨大的概念，一个创造的叙述场。即使你逻辑理念顿失也无足轻重。我们所要回到的现实情形是这样的：

在一个月亮害羞的夜晚，为了寻找一桩可望而不可即的爱情，镜子照亮模糊的前程，也照亮一个人鲜血淋淋后的伤疤。如今我继续端坐镜子前，从容不迫地回忆往事。那个黑色的窨井像把锋芒毕露的刀，划伤了光滑的脸庞，也阻碍美丽的构想。

只要有镜子的地方，不管心灵如何斑斓和幻化、扑朔和迷离，都能体验到存在。而追求存在与虚无是同一条大路的两条分岔，又终将殊途同归。镜子的憧憬是永远不要沾染灰尘。从拉萨河里沐身后的石头搁在镜子面前，每颗石头不言不语，散发出与日常生活萦绕着的不同的气息，它们和镜子里的"它们"代表的一种事物、一个人和一次记忆……在冬日懒洋洋的早晨慢慢醒来……

马 蹄 莲

这一个女孩，也许是女人，在相当长的时间里盘旋在我的脑海，像长（cháng）翅膀的鸟群合二为一地从眼前飞过。曾经被我想象成赫斯珀里得斯（希腊神话中黑夜的女儿们）中最精灵的一个。我用词语的幻觉展开叙述，具有多种发展的可能性。

A女孩走在街上——我们暂且叫她A——她走的是T型台的步子。

她身材高挑，做过游离子后的披肩长发飘逸、亮色。阳光跌在头发上，像是扑在一面玻璃墙上，簌簌地往下落，又总是落不尽。她的背影吸引了众多成弧形的视线，行走和无事可做拿逛街来消磨的人。从她出现开始，街上长满一眨不眨的眼睛和张开的嘴巴。在那些各具神态的眼睛里，藏着惊诧、想象、嫉妒、贪婪、追求、污浊。目光扑向她身体的各个部位，时间或长或短，又终于掉下。一个人与另一个人相撞，一个人与一根水泥柱一级台阶相撞，将目光从向往中撞到现实的地面上。水泥地面不会反弹，也不是顾影自怜的镜子，看见过她的陌生人互相遗忘。

她像城市上空的一朵云，飘走了，明天又会有另一朵云飘来。天空里飘来飘去无数的云霞，她是从目光里走过来的。

A女孩就是色彩的调和体。她的身体毫不保留地展示着丰富的色彩和更丰富的想象。你看到了，你想到了。这种（些）颜色被你追逐，你的目光在色彩的光芒下是空洞的。空洞中伤你的心灵，让你莫名其妙地浮躁、冲动、失落、伤感，还有幻想。

她走上天桥，桥上风大，桥下车流如梭。桥上的护栏多多少少遮住了一部分人的视线。她身下的长裙摆随风拂动，她的步子变小，像推掖着犹豫和彷徨。她的面容是镇定的矜持。她对身边的声音和光毫不动心，仿佛它们甚至连自己都是虚无的。

在风最喜欢的天桥，她物质外表粉饰下的心灵开始褪壳，然后呈现。任何坚强的外壳都会被一击粉碎。风在这一时刻吹醒她心底的一切忧伤。这种忧伤像什么？没有人说得明白，每个人给出的答案不同。那些匆忙的脚步纷繁的灯光此起彼伏的声音将它淹没。

不到一百米的天桥，她走得太慢，像是数着自己的步子和记忆，像走着自己的一生。天桥上的人终归是要走下桥，要离去的，而姣好面容的背后隐匿着什么的她，也要钻进某处房群空荡荡的房间里，拧亮淡柔的光，一个人面对一个人的忧伤。

A女孩的忧伤永远无法读懂。她喜欢躲在自己的身体里做梦。她走下天桥，顺着这条商业街各式各样的店铺走，直到停在一家花店门前。她不容许你想她是否会买花或者只是为了欣赏花的美丽和清香而停下来。一枝生命力正旺盛的马蹄莲被她拿在手中。白色的花在鸡心形的绿叶子的映衬下，愈显娇美。花和叶上有泪水的痕迹闪光，映着她长睫毛下眼睛里的光斑。马蹄莲和她站在一起是相得益彰的，终于能看清她眼神中一缕不易察觉的柔和与舒缓，摇晃目击者的心。

一块玉。人们稍加留意就会发现她的白脖颈上悬着一块玉。玉是长方形的，上面的一缕飘移的血丝能证明它的年代。玉由一根红丝线系着，很熨帖地垂在耸起的乳峰之间。玉和马蹄莲站在一起，不时会有身体的接触，马蹄莲又害羞地逃开。玉此时是阳性的，它坚定的目光让马蹄莲变得犹豫和柔情似水，还有忧伤如泉涌出。

泪水是马蹄莲真实过的证明。

在 A 女孩眼中，大街上的每个人都是同一个人、同一个符号。她从他们身边走过，又把他们扔在后面，扔进一个个怪异的梦里。夜晚的雨声是能帮助人思念的。对于这个女孩，是否能听见雨声，是否能为自己编织甜美的梦，也成为谜题。而在人们心中，她的背后是个怎样的故事？是怎样的悲欢离合令人心碎？奇怪的是，女孩臂弯里没有一只精致的包，也没有吊一个晃荡的手机，唯一的饰物只有那块玉。现在她的手中又多了一枝马蹄莲，马蹄莲是阴性的，这样，就有了一种惺惺相惜的感觉，就有了两个忧伤的女孩互相体贴与安慰的感觉。

生活是偶在的网络。女孩就是网络里的美腿皇后，喜欢守住自己的位置。《三色》的导演基耶斯洛夫斯基这么说，一个偶在的个体的命运是由一连串偶然事件集合而成的，个体没有一个恒在的支持。偶在是决定性，即使是爱，也在偶然中成为碎片。这个存在于现实中的女孩期望得到的爱是什么样子？她的爱是否已成碎片随风飘散？

当 A 女孩出现在我们的视野中，在你我不得不承认她的漂亮和气质不凡的同时，是否想过她从哪里来又往何处去？

女孩。服饰。口红。大街。脚步。目光。这是一个由物质决定的虚假现象。女孩就是日常生活中的一种常例。A 女孩步子里的自信是积木搭起来的，一旦有外界某些力量的施加，它就会轰然倒下。倒下是谁也不愿目睹又必然的结局。一位朋友在酒意酣畅时说，我真相信这世界上有国色天香的女孩，但她绝不会走在拥挤的大街上，而是躲在某栋豪华的别墅里或者干脆在床上。这是一个多么大胆而又虚情假意的假设。

问遍满街的嘴巴，没有人会说比起喜欢 A 女孩的美丽更喜欢她的忧伤。于是，她连同对她的想象，从我的视野走过，在哪里我见过她。她的美丽随着时间而被遗忘，而变得空虚。女孩和我，谁站在更远的地方，谁在谁的暗自神伤里，意义模糊不清。

蝶 恋 花

2 月。巴黎。在那个放下镰刀看见麦田的浪漫城市，广场奇迹般地在一天早晨变成金灿灿的田野。天气乍暖还寒，大街小巷的花草树木沐浴着东方的音乐。

海报上，一只晶莹剔透的耳朵穿挂着六只大小不一的银耳环。这是谁制造的听觉器官如此美丽，而又叫人顿生敬惧之情。海报上的法文直译是"揭去面纱的虹或鸢尾、蓝蝴蝶花"，中文标题是一个古老而情意缠绵的名字——《蝶恋花》。

在天光迅速流尽的冬日傍晚，我坐在高速行驶的依维柯里，车窗紧闭，公路上穿梭的寒意被我暂时远离。眼前是隐藏在两边田地里袅袅升起的雾气，耀眼的车灯扫荡似的扑来。正是在这样一个说不清心情的时间里，在路上，我听到了一张新CD《蝶恋花》。一部由两位女高音、一位京剧青衣或花旦，琵琶、筝、二胡和管弦乐队写成的大型作品。在旅途中听这样的音乐是装腔作势的，它更适合人有备而来，突然袭击你所理解的只是皮毛。后来我听专业人士谈到这部音乐中的九个段落，分别是九种女人的性情和姿态描绘。

素（纯洁），羞（羞涩），荡（放荡），敏（敏感），柔（温柔），妒（嫉妒），愁（多愁善感），狂（歇斯底里），腴（情欲）。这么看来，它是文学在音乐中的融会、专注、倾泻，是有智有趣的。可我一点儿也没感受出来。

如果说有一个女人能集结这九种性情，我想一定在网上某个虚拟的名字里能找到。因为我发现跑题跑远了。我本意是要讲一个女孩的网恋的。

我没有过网恋经历，我猜测网恋是心灵的零距离和空间的无限伸展的美妙结合。我还曾和朋友戏谑网恋是"蝶恋花"。而那个女孩告诉我她的网名叫"蝶恋花"，正是这种巧合才让我产生叙述的冲动。可能故事的主角于昨天就离开了这座城市，此前她独自经营着一间二十多平米的美发店。美发店是理发店功能的延伸、扩充。从小到大我的头发都是在理发店剪落的，可今天在城市里很难见到"理发店"这个词，取而代之的是"美容美发中心""美发基地""休闲中心"之类与头、脸及其他部位修饰有关的词汇。

　　就在那次旅途中，女孩坐在我身边。十九岁，是这个时代适宜的早熟品种。我没见她带了什么东西，空着手，拨一只手机，却迟迟不肯将号码传出去。她的喋喋不休令我意外，似乎某根神经搭在快乐的琴弦上。她特别地兴奋，不停地挪动屁股，看窗外并且指手画脚，眨着大眼睛盯着你等你说话，像个对出门特别感兴趣的孩子。

　　她的朋友们常常骗她，女孩说。他们都承诺要帮她把店子做好，可以无偿地来做事，可往往他们吃顿饭，就拍拍屁股走人了。

她从职业技术学校毕业，女孩说。做生意的父亲给了她三万块钱。她那时想独立，就盘了个店面做美发。她从没想过闯番事业，只是她学的专业是美容美发，她就得靠这吃饭。

女孩一个人在这座城市，她的家在下面的小县城。她说她有许多熟人朋友同学，关系马马虎虎。女孩业余生活里最大的爱好就是上网，有时她上通宵，第二天照常开店营业。有时她为了上网，关门几天。女孩上网就是聊天，玩蝶恋花的游戏。

她说她至少有二十个以上的网名，对付不同的对象她知道以怎样的身份应对。但现实中的她在清晨醒来没法记住昨晚说过的一切，甚至朦朦胧胧地将两个或者几个混为一谈。只有在虚拟的空间里她才真正感到反应的敏捷、头脑的活跃。

她说起一次记忆深刻的与网友见面的情况。时间是去年秋天，地点是邻省某座陌生的小城。她和网友感觉良好地约了见面，火车晚点耽搁了相见的时间，她不知道该去哪里寻她的亲密网友，只好在那座小城的火车站候车室度过一个孤独的夜晚。第二天她和他在网上见面了。他说，他在火车站找了她一个晚上。她想了想说，她在火车站等了他一个晚上。他说，真是没缘啦！她从他的语气里听不出半点焦急。然后沉默。最后（他问也没问她现在在哪里）她想了想说，没缘就别见了。伤感的泪水加剧了她对那座城市的视而不见。一个刚开始的美丽相约其实早已结束。

我静静地听她的叙述，察觉到其中的忧伤和不幸及未言明的种种暗示。此刻她的眼神明白地写着一行歪歪扭扭的汉字：

一切美好的情愫都是从失望开始。